Tucholsky Wagner Zola Scott Sydow Schlegel
Turgenev Wallace Fonatne Freud
Twain Walther von der Vogelweide Fouqué Friedrich II. von Preußen
Weber Freiligrath Frey
Fechner Fichte Weiße Rose von Fallersleben Kant Ernst Frommel
Engels Fielding Hölderlin Richthofen
Fehrs Faber Flaubert Eichendorff Tacitus Dumas
Feuerbach Maximilian I. von Habsburg Fock Eliasberg Ebner Eschenbach
Ewald Eliot Zweig Vergil
Goethe Elisabeth von Österreich London
Mendelssohn Balzac Shakespeare Dostojewski Ganghofer
Trackl Lichtenberg Rathenau Doyle Gjellerup
Mommsen Stevenson Hambruch
Thoma Tolstoi Lenz Droste-Hülshoff
Dach Verne von Arnim Hägele Hanrieder
Karrillon Reuter Rousseau Hagen Hauff Humboldt
Garschin Hauptmann Gautier
Damaschke Defoe Hebbel Baudelaire
Descartes Hegel Kussmaul Herder
Wolfram von Eschenbach Schopenhauer
Bronner Darwin Dickens Rilke George
Campe Horváth Melville Grimm Jerome
Aristoteles Bebel Proust
Bismarck Vigny Voltaire Federer Herodot
Gengenbach Barlach Heine
Storm Casanova Tersteegen Grillparzer Georgy
Chamberlain Lessing Langbein Gilm
Brentano Gryphius
Strachwitz Claudius Schiller Lafontaine
Katharina II. von Rußland Bellamy Schilling Kralik Iffland Sokrates
Gerstäcker Raabe Gibbon Tschechow
Löns Hesse Hoffmann Gogol Wilde Vulpius
Luther Heym Hofmannsthal Klee Hölty Morgenstern Gleim
Roth Heyse Klopstock Kleist Goedicke
Luxemburg Puschkin Homer Mörike
La Roche Horaz Musil
Machiavelli Musset Kierkegaard Kraft Kraus
Navarra Aurel Lamprecht Kind
Nestroy Marie de France Kirchhoff Hugo Moltke
Nietzsche Nansen Laotse Ipsen Liebknecht
Marx Lassalle Gorki Ringelnatz
von Ossietzky May Klett Leibniz
vom Stein Lawrence
Petalozzi Irving
Platon Knigge
Sachs Pückler Michelangelo Kafka
Poe Liebermann Kock Korolenko
de Sade Praetorius Mistral Zetkin

Der Verlag tredition aus Hamburg veröffentlicht in der Reihe **TREDITION CLASSICS** Werke aus mehr als zwei Jahrtausenden. Diese waren zu einem Großteil vergriffen oder nur noch antiquarisch erhältlich.

Symbolfigur für **TREDITION CLASSICS** ist Johannes Gutenberg (1400 — 1468), der Erfinder des Buchdrucks mit Metalllettern und der Druckerpresse.

Mit der Buchreihe **TREDITION CLASSICS** verfolgt tredition das Ziel, tausende Klassiker der Weltliteratur verschiedener Sprachen wieder als gedruckte Bücher aufzulegen – und das weltweit!

Die Buchreihe dient zur Bewahrung der Literatur und Förderung der Kultur. Sie trägt so dazu bei, dass viele tausend Werke nicht in Vergessenheit geraten.

# Wilhelmine

## Ein prosaisch-komisches Gedicht

Moritz August von Thümmel

# Impressum

Autor: Moritz August von Thümmel
Umschlagkonzept: toepferschumann, Berlin

Verlag: tredition GmbH, Hamburg
ISBN: 978-3-8424-1264-4
Printed in Germany

Ziel der TREDITION CLASSICS ist es, tausende deutsch- und fremdsprachige Klassiker wieder in Buchform verfügbar zu machen. Die Werke wurden eingescannt und digitalisiert. Dadurch können etwaige Fehler nicht komplett ausgeschlossen werden. Unsere Kooperationspartner und wir von tredition versuchen, die Werke bestmöglich zu bearbeiten. Sollten Sie trotzdem einen Fehler finden, bitten wir diesen zu entschuldigen. Die Rechtschreibung der Originalausgabe wurde unverändert übernommen. Daher können sich hinsichtlich der Schreibweise Widersprüche zu der heutigen Rechtschreibung ergeben.

Text der Originalausgabe

Moritz August von Thümmel

# Wilhelmine

Ein prosaisch-komisches Gedicht

Mit den Kupfern und Vignetten des
Adam Friedrich Oeser, Christian Gottlieb Geyser
und Johann Michael Stock
neu herausgegeben
von
Paul Menge

Gustav Kiepenheuer Verlag
Weimar 1917

# Vorrede

## der zwoten Auflage.

Die Wilhelmine könnte in dieser neuen Auflage ganz wohl ohne Vorrede erscheinen, weil der Verfasser seinen Lesern nicht viel über dieses kleine unwichtige Gedicht zu sagen hat. Durch den Beyfall, womit ihn einige Personen beehrt, denen er vorzüglich zu gefallen wünschte, hat er seine Absicht vollkommen erreicht – Indessen ist ihm auch nicht unbekannt geblieben, daß ihn verschiedene andere lieber beschuldigt hätten, als ob er mit dieser Kleinigkeit etwas Böses wider die Religion und ihre Diener im Sinne führe, und diesen zu ernsthaften Kunstrichtern hält er sich für verbunden, öffentlich zu sagen, daß keiner von ihnen vielleicht selbst mehr Ehrerbiethung gegen die Religion und Hochachtung gegen vernünftige Geistliche haben könne als er; wie würden sie sich wundern, wenn der Verfasser hier die ehrwürdigen Namen einiger großen Geistlichen hersetzen wollte, die dieses Gedicht bey allen seinen ersten Fehlern mit Vergnügen gelesen und kein Geheimniß daraus gemacht haben. Da sich aber der Verfasser auf einen witzigen Einfall, dem ein zu strenger Eifer vielleicht ein verdächtiges Gepräge geben könnte, nicht so viel zu Gute thut, um ihn nicht ohne Barmherzigkeit auszustreichen, so hat er, auf den Rath eines unsrer trefflichsten Dichter, diesen Anstoß durch einige Veränderungen zu heben gesucht. Der Ruhm eines guten Christen gilt ihm mehr, als das Lob eines glänzenden Genies – aber er macht freylich keine Umstände, eben so herzhaft über Kobers Kabinetsprediger und seines gleichen zu lachen, als er einen Cramer und Schlegel mit stillem Ernste und gerührtem Herzen liest. Er würde von dieser seiner Gewohnheit nicht abgehen, wenn er gleich selbst die Würde eines Priesters begleitete, so wenig als er itzt, da er an einem Hofe lebt, sich Bedenken macht, über einen allzugalanten Hofmarschall, einen müßigen Staatsrath und einen affectirten Cammerjunker seinen Scherz zu treiben.

# Vorrede

## zu der dritten Auflage.

Es ist mir des Herrn Pastors wegen nicht lieb, daß Wilhelmine, seitdem sie an ihn verheurathet ist, mit ihren Kleidern noch so oft ändert, als sie es am Hofe gewohnt war, und von jeder Leipziger Messe wenigstens mit einem Jüpon versehen wird, woran der Pastor, wie man wohl denken kann, nicht den geringsten Antheil hat.

Das sind die Sitten der großen Welt, Madame, die Sie auf dem Lande ablegen müssen! Kann man es den Leuten verdenken, wenn sie sich darüber aufhalten? »Was bildet sich denn die Frau ein?« habe ich schon hier und da sagen hören, »Trägt sie nicht Spitzen, die mehr kosten, als die Pfarre ihres Mannes in vielen Jahren kaum einträgt – da andere ehrliche Weiber, die doch wohl ein bischen mehr werth sind, züchtig und ehrbar einhergehn – Wenn sie doch an ihren Ursprung dächte, und die Spötter nicht so oft erinnerte, daß sie einmal am Hofe gewesen ist – Wie froh sollte sie doch seyn, wenn es die Leute vergäßen!« Diese Reden, Madame, zu denen Ihr prächtiger Aufzug so vielen Anlaß giebt, bringen auch mich in eine gewisse Verlegenheit, da iedermann weis, daß ich einige Freundschaft für Sie habe, und gern Ihre Aufführung zu entschuldigen suche, wo es nur möglich ist; Aber würklich – itzt gehen Sie zu weit. Sie tragen sogar, wie ich höre, noch immer seidne Strumpfbänder mit französischen Versen gestickt? – Je! zu was denn solche Strumpfbänder, Madame? An Ihrem Hochzeittage konnte zwar dieser verborgene gelehrte Staat noch mit Ehren ans Licht kommen; denn hätte nur damals das Feuer Ihre vornehmen Gäste nicht so erschreckt, so würden sie gewiß die artigste Ceremonie nicht vergessen haben – Ihre Strumpfbänder wären gewiß, noch vor der völligen Übergabe Ihrer kleinen Person, an den Herrn Pastor, von einer adlichen Hand abgeknüpft, und in guter Gesellschaft seyn verlesen worden, und ich weis, der Cammerjunker würde darbey seiner Lunge Ehre gemacht haben; Aber zu was in der Welt kann Ihnen itzt diese Mode nutzen? Ich weis mir keinen Umstand zu denken, wo Ihre Strumpfbänder noch itzt der Lectüre ausgesetzt seyn könnten, und verlöhren Sie Eins einmal auf dem Kirchwege, zu welchem Ärgernisse würde dieses Gelegenheit geben! Übrigens will ich gern eingestehen, daß Ihre Kleidung sehr artig und Ihr ganzer Anzug mit vielem Geschmacke gewählt sey; Ob ichs aber billige, ist eine andere Frage. Ja, wenn Sie noch am Hofe wären: ie nun da – aber da haben Sie in Ihrer Blüte genung gefallen, und nun thäten Sie wohl, wenn Sie sich auch denen Personen zu empfehlen suchten, die bisher nicht Ihre Freunde gewesen sind. Damit Sie dieses erreichen, rathe ich Ihnen, eine stille ehrbare Mine anzunehmen, wenn sie Ihnen auch nicht natürlich seyn sollte. Eine schwarze Stirnbinde würde gut darzu stehen! Statt der durchsichtigen Halstücher legen Sie eine schwere Sammtmantille um – Ein cannefaßner Rock – flohrne Streifgen am Hemde – So ungefehr muß Ihr Putz seyn, wenn Sie denen Herren gefallen wollen, die sich zu der dritten Auflage bisher über Ihr leichtsinniges Ansehn so geärgert haben.

# Wilhelmine,

ein

## prosaisch-komisches Gedicht,

von

### Moritz August von Thümmel.

Mit einem Nachworte
herausgegeben
von P. Menge.

Weimar,
bey Gustav Kiepenheuer, Verlag.
1917.

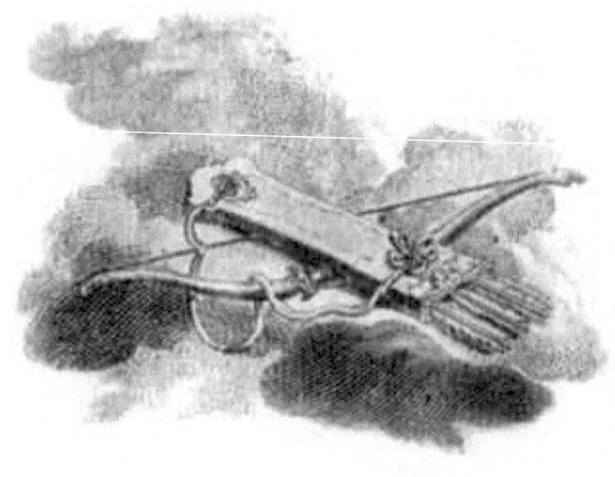

# Erster Gesang

Einen seltenen Sieg der Liebe sing ich, den ein armer Dorfprediger über einen vornehmen Hofmarschall erhielt, der ihm seine Geliebte vier lange Jahre entfernte, doch endlich durch das Schicksal gezwungen ward, sie ihm geputzt und artig wieder zurück zu bringen.

Der große Gedanke, der sonst die deutschen Dichter erhitzt, daß sie die Freuden des Tages und die Erquickung der Nacht daß sie die Peiniger der menschlichen Natur, Hunger und Durst, und die größern Quaalen der Dichter, den Spott der Satyre und die Faust des Kunstrichters verachten – Dieser große Gedanke: Einst wird die Nachwelt mich lesen hat keinen Antheil an meinen Gesängen. Dein belohnendes Lächeln allein, komische Muse! reizt mich an, diesen neuen Sieg der Liebe zu singen; und will ja die Göttinn des Ruhms der süßen Bemühung des Dichters noch eine Belohnung hinzuthun, so sey es der theure Beyfall meiner Caroline! Sie lese dieß Lied, das ich, entfernt von Ihr, aus Einsamkeit sang, meinen Geist zu ermuntern! Ihr harmonisches Herz schwell auf; unwillig über den Einfluß des glücklichen Dichters, in Ihr jugendlich wallendes Blut, verschlucke Sie dann eine doppelte Dosin Bezoarpulver, und seufze nach meiner Zurückkunft!

Nah an der glänzenden Residenz eines glücklichen Fürsten, nicht fern von der schiffbaren Elbe, verbreiteten sich in dem anmuthigsten Thale zwanzig kleine Wohnungen fröhlicher Landleute. Junge Haselstauden und wohlriechende Birken verbauten dieß Landgut in Schatten, und versüßten dem fleißigen Bauer die entkräftende Arbeit, wenn der Hundsstern wüthete, und, entblättert vom Boreas, flammte dieß nutzbare Gebüsch in wohlthätigen Öfen, wenn der Winter das Thal mit Schnee füllte, und nun ein Nachbar zum andern schlich, um die langen müßigen Stunden durch schlaue Gespräche zu verkürzen, bald auf den Durchmarsch der Preussen zu schmählen, bald die bessern Besuche eines freygebigen Kobolts zu erheben, oder auch über die Policeybefehle der Regierung zu spotten! So lebten diese Hüttenbewohner ruhig und mit jeder Jahreszeit zufrieden.

Nur der Pastor des Dorfes allein, der gelehrte Sebaldus, hatte seit vier unglücklichen Jahren, die ländliche Munterkeit verlohren, die auch sonst auf seiner offnen Stirne gezeichnet war. Ein geheimer Kummer peinigte sein Herz; wenn er die ganze Woche hindurch in der Einsamkeit seiner verrußten Clause getrauert hatte, dann winselte er am Sonntage der schlafenden Gemeinde unleidliche Reden vor, und selbst bey dem theuer bezahlten Leichensermon verließ ihn seine sonst männliche Stimme. Die Klügsten der Gemeinde marterten sich umsonst, die Ursach seines Leidens zu entwickeln. »Was fehlt unserm »Magister?« fragte einer den andern: »Wir lieben ihn ja, er ist der Vornehmste im Dorf, und er wird auch nicht etwan, wie dieser und jener – von einem hochmüthigen Junker geplagt, denn der unsere lebt, Gott sey es gedankt, ferne von uns, und verbraußt seine Renten in Frankreich.« So klagten die Bauern den Kummer ihres Magisters! Aber umsonst blieb ihr mitleidiges Nachforschen; der tiefsinnige Pastor verbarg seine Sorgen der Neugier, und auser Sonntags, wo sein Amt ihm geboth, schien seine Sprache verlohren. Vier Jahrgänge finsterer Predigten hatt' er also geendiget: Mit zitternden Händen geschrieben und auf einen Haufen gesammlet, lagen sie in einem verriegelten Schranke, oft von andächtigen Würmern besucht, die alle Buchstaben zerfraßen, und höflicher für die dankbare Nachwelt sorgten, als der betrogene Buchhändler, der so oft mit drolligten Postillen den einfältigen Freygeist belustigt. Aber die komische Muse hüpft ängstlich über den heiligen Staub und über die traurigen Scheduln des Pastors; sie beschäfftige sich nur mit seinem Glücke – und erzähle den wunderbaren Traum, der ihn bewillkommend an der letzten Stufe des Jahres mit dem Ende seines schwindsüchtigen Kummers schmeichelte:

In der zwölften Stunde der Nacht, damals, als sich das zwey und sechzigste blutige Jahr des achtzehnten Jahrhunderts, von wenigen Minuten loszuarbeiten suchte, um sich an die Reihe so vieler vergangenen Jahrtausende zu hängen; So wie der furchtbare Nachtvogel,[1] auf dessen Rücken die Natur einen Todtenkopf gebildet, sich mühsam aus dem Gefängnisse seiner Puppe herauswindet, seine schweren Flügel versucht – und verschwinden würde, wenn nicht ein naturforschender Rösel sein Leben verfolgte – Der pfählt ihn mit

---

[1] S. Rösels Insectenbelustigungen.

einem glühenden Pfriemen gleich nach seiner Geburth, und setzt diesen gräulichen Vogel in die bunte Gesellschaft der Schmetterlinge, Heuschrecken und Käfer.

Da erschien Amor dem eingeschlummerten Priester, der über das Zudrängen dieses kleinen Unbekannten heftig erschrack, denn bisher hatt' Er ihn nur aus dem großen Rufe seiner Verwüstungen gekannt – wie etwan den Beelzebub oder den General Meyer; doch der freundliche Amor ließ ihn nicht lange in seinem ungewissen Erstaunen, schüttelte seinen Köcher und sprach also zu ihm: »Entschuldige den Amor, theurer Sebaldus! wenn er bisher wider seinen Willen dein Feind gewesen ist, und erschrick nicht über seine Erscheinung, die dir ein Glück verkündiget, das dir wenigstens vormals nicht gleichgültig war. Wilhelmine« – bey diesem Namen, durchströmte ein leuchtendes Roth die verfallnen Wangen des Pastors und Amor fuhr lächelnd fort: »Ich sehe, du erinnerst dich noch dieser lebhaften Schönen, die einst, in diesen Fluhren gebohren, nur von der unschuldigen Natur erzogen ward, die dir oft in der feurigsten Predigt, durch einen einzigen Blick ihrer hellblauen Augen, ein langes, verhaßtes Stottern – und wenn du allein warest, manchen lauten Seufzer erregte – Ach sie hätte dich gewiß zum Glücklichsten deines Standes erhoben, wenn nicht die Intrigue eines neidischen Hofes sie deinem Kirchspiel entführt, und unter die fürstlichen Zofen versetzt hätte. O wie traurig hast du diese Zeit ihres Hofdienstes hinschleichen lassen! Vergieb es mir, liebster Magister, daß ich hier deiner Unthätigkeit spotte! Hast du denn nie gehört und gelesen, wie oft die entschlossene und geschäfftige Liebe, Klöster gestürmt, Mauern erstiegen und sich nachgiebige Nonnen unterthan gemacht hat, die zu einem ewigen frommen Müßiggange verdammt waren; und du! du verzagtest, dem Hofe ein Mädchen zu entziehen, das von keiner eisernen Thüre verschlossen, von keiner Äbtissin bewacht, und von der Klostergelübde weit entfernet ist, eine ewige Jungfer zu bleiben? Doch ich komme nicht her, dich mit Vorwürfen zu kränken – Das Ende deiner Leiden ist da! Wie leicht wird dir es werden in Wilhelminens tröstenden Armen, oder an ihrem wallenden Busen der vergangenen traurigen Tage zu vergessen; der Aufschub deines Verlangens – Ja – er ward dir schwer zu ertragen. Doch itzt vermehrt er dein Glück! Denn siehe! Mit munterm Gesichte erwartet dich die jüngste feurigste Liebe! Sie würde kraftlos – schläfrig, ja wohl gar erloschen seyn, wenn Wilhelminens Besitz dich schon vor vier Jahren beglückt hätte – Ermuntre dich also und höre meinen liebreichen Rath: morgen wird die reizende Wilhelmine, den graubärtigen Verwalter, ihren Vater, besuchen – von keinem Höfling begleitet, wird sie des Mittags zu ihm fahren. Welch ein bedeutender Wink, den das Schicksal dir giebt! Folg' ihm – suche Wilhelminens Gesellschaft und eröffne ihr, so rührend als du vermagst, deine brennende Neigung! Sie – die gleich einem leichten Federballe von Hand in Hand geworfen, in der Höhe des Hofes flatterte – oft mit Schwindel herabfiel und wieder in die Höhe gejagt ward – Sie, die itzt mit ernsthaftem Nachdenken der Ruh entgegen seufzt – Sie – ich schmeichle dir nicht – wird froh seyn, an deiner ehrwürdigen Hand den Verläumdungen der großen Welt zu entwischen, und ehe diese Neujahrswoche verläuft, kannst du für deine treue Liebe belohnt seyn.« So sprach der philosophische Amor, glaubte genug gesagt zu haben, und wollte verschwinden, als ihm noch eine wichtige Erinnerung einfiel – Mit der lächerlichen Mine eines jungen Officiers, – der zum erstenmal einen armseligen Posten zu vertheidigen bekömmt, und bey aller seiner Geschäfftigkeit bald den kleinen Umstand vergessen hätte, die Parole zu geben – rief Amor: »Bald hätt ich nicht an das Wichtigste gedacht – Wär es auch ein Wunder? und hab ich nicht immer meinen Kopf so voll? Merke also noch dieses, lieber Magister! Laß ja nicht die unwiederbringliche Zeit vorbeystreichen, damit nicht die Tage herannahen, wo der galante Hofmarschall seine Ptisanencur schließt und die Schönheiten wieder aufsucht, die itzt sein durchwässertes Herz medicinisch verachtet – Und morgen sey bedacht, dich reinlich zu waschen! Pudre deine beste Perücke, dein schwarzer Rock soll dir nicht schaden: nur sey so dreust und munter wie ein Kammerjunker; dieser siegt oft auch in der Trauer des Hofs, nicht immer im fröhlichen Jagdkleide.« Und nun verschwand Amor – Das Rauschen seiner Flügel erweckte auf einige Augenblicke den Pastor; Schwerfällig sammelte er seine Gedanken – rieb sich gähnend die Augen, und seine rauhe Stimme erklang durch die Stille der Nacht: »Welch ein Traum! Sollte es möglich seyn, daß er wahr wäre – o so wäre kein König glücklicher als der arme Pastor Sebaldus – Doch eitle Hoffnung – die schönsten Träume betrügen! Hab ich vier Jahre bey den eifrigsten Wünschen hinschmachten müssen – Warum sollte denn itzt die Liebe einen Elenden aufsuchen, der zu abgehärmt ist, ihren Diensten Ehre zu machen – Doch der morgende Tag wird mir dieses Geheimniß erklären – Mit Geduld will ich seiner erwarten – Schon schlägt es zwey – Ach Wilhelmine! Angenehmer Schlaf« – So murmelte der Pastor und schnarchte.

Was könnten wir besseres vornehmen, komische Muse, um nicht selber zu schlafen, als wenn wir in die vergangenen Zeiten blicken, Wilhelminen in ländlicher Unschuld betrachten und erforschen, wie des Magisters Liebe und sein Unglück entstand, dessen Ende ihm Amor in dieser merkwürdigen Nacht verkündigt hat.

Schon der sechzehnte Frühling hatte Wilhelminens Wangen mit einer höhern Röthe gemahlt, ihre Augen funkelnder gemacht und ihr Haar schwärzer gefärbt. Ihr nesseltuchnes Halstuch hob und senkte sich schon, aber keiner – Ists möglich? keiner von den hartherzigen Bauern gab Achtung darauf. Sie selbst wußte noch nicht über süße Gedanken der Liebe zu erröthen, ihr Herz klopfte in immer ruhigen Pulsen, wenn sie einsam das verdeckte Veilchen aus dem hohen Riethgrase hervorpflückte, ein wahres Bildniß ihres eignen jungfräulichen Schicksals, oder wenn sie an dem Ufer des rieselnden Bachs sitzend, die bunte Forelle mit geschwinden Augen verfolgte, und indeß den schönern Gegenstand der Natur – ihr wiederscheinendes Gesicht aus der Acht ließ; Spottet nicht ihrer Unschuld, ihr freundlichen Nymphen, die ihr so oft das mächtige Vergnügen eures eignen Anschauens genossen habt.

Denn

niemand hatte noch bisher Wilhelminen gelehrt, wie reizend sie sey und niemand! ich sag es mit Jammer, niemand als ein frommer schüchterner Mann, der Magister, hatte selbst bis hieher den feinen Verstand gehabt, ihre Vorzüge zu bemerken, und nur von ihm allein ward sie heimlich geliebet. Mit welchem zitternden Vergnügen schlich er ihr nicht auf jedem kleinen Spatziergange nach, und hielt sich doch immer in einer ehrerbietigen Entfernung, und mit welcher süßen Betäubung unterschied er nicht ihre liebliche Stimme, wenn das andächtige Geschrey der Gemeinde durch die Sacristey in sein lauschendes Ohr drang! Schon sann die Liebe ernsthaft darauf ihn glücklich zu machen. Aber zwo andre Leidenschaften, fast eben so mächtig als jene, stritten heftig in seiner theologischen Seele, jagten die Liebe heraus und legten den Grund zu dem grausamen Schicksale des Pastors. Der Stolz war es und die Begierde nach einem bequemlichen Leben! Denn wenn ihn auf der einen Seite seines hinfälligen Herzens, die Tochter des vornehmen Kirchenraths mit ihrer Neigung verfolgte, so bestritt es auf der andern die Ausgeberinn des Präsidenten. Ihre Wahl war der gewisse Beruf zum Vorsteher der Kirche. Als Superintendent konnt' er alsdenn eines langen ruhigen Lebens genießen, von den Truthhähnen seiner freygebigen Diöces, und den Complimenten gemeiner Pfarrherren gemästet. So wird oft ein Knabe geängstet, wenn ihm sein lachender Vater ein Stück kräftiges Brod und eine einzelne wohlriechende Erdbeere vorlegt. Was soll er wählen? Sein Gaum verwirft, was sein hungriger Magen verlangt, doch seine minutenlange Näscherey verachtet das Elend des ganzen Tages – Kurz entschlossen verschluckt er die Erdbeere und übertäubt das Murren seines Magens durch erzwungene Gesänge. Eben so gewiß würde auch endlich der verliebte Magister seine kleine Wilhelmine gewählt haben, wenn nicht das feindliche Ungefähr und der hämische Neid den Unentschlossenen überrascht und vier lange Jahre seine Liebe getäuscht hätten.

Ein Spürhund der Liebe, ein leichtfertiger Page, der einst in seinem Müßiggange diese ländliche Venus erblickte, prahlte so laut mit seiner Entdeckung, daß sein verliebtes Geschwätz durch funfzig Thüren in die Ohren des aufmerksamen Hofmarschalls erklang, der sogleich den sultanischen Entschluß faßte, mit den Reizungen der holden Wilhelmine den Hofstaat zu verschönern und sie dem unsaubern Dorfe und der List eines Pagen zu entziehen. Wenn die

weibliche Älster in der Mitte des Weinbergs eine volle Traube entdeckt, die von hundert Blättern beschützt die letzte Zeit ihrer Reife
erlangt hat: so erweckt oft dieß prophetische Geschrey bey dem
reisenden Handwerksmann ein durstiges Nachdenken – Er ersteigt
den Weinberg und entzieht dem Stocke und der verjagten Schwät-
zerinn die vortrefflichsten Beeren.

Der

entschlossene Hofmarschall fuhr, von der Cabale, seiner beständigen Schutzgöttinn, begleitet, in hoher Person zu Nicklas dem Verwalter, übersah mit geschwind forschenden Blicken die Schönheit des verschämten Landmädchens, und es währte nicht lange, so hatte er seine großmüthige Absicht eröffnet. »Ich will«, sagte er freundlich zu dem Alten, »eure schöne Tochter in den glänzenden Posten einer fürstlichen Kammerjungfer erheben: dieß ist die Ursache meines Besuchs.«

Betäubt von der höflichen Rede des vornehmen Herren stund der alte Verwalter vor ihm, strich ungeschickt mit dem Fuß' aus und fühlte ängstlich seine Verwirrung. Der feine Hofmarschall ließ ihm Zeit, Athem zu holen und versuchte indeß mit Wilhelminen zu sprechen; aber die Schöne verstummte, blinzte mit den Augen, und ihr Blödsinn zeigte ihm eine so weiße Reihe von Zähnen, die ihm noch nie die vornehme Sucht zu gefallen, in dem langen Laufe seines Lebens verrieth. Die Verlegenheit der Tochter weckte zuletzt den Alten aus seiner Betäubung. Er nahm stotternd das Wort und als Vater geboth er der Schönen, Sie solle, weil einmal ihr gutes Glück es verlangte, zur Reise nach Hofe sich geschickt machen; und über den gütigen Herrn schüttete seine schwere Zunge tausend unvollendete Wünsche und abgebrochene Danksagungen aus; und beredtere Thränen ströhmten von seinen bleichen Wangen herunter. Damals waren noch zwanzig Minuten genug, die Schöne in ihrem besten Putze zu kleiden; alsdenn hob sie der vergoldete Herr in seinen glänzenden Wagen, setzte sich neben ihr und ließ die seidenen Vorhänge herunter. Darauf jagten sechs wiehernde Hengste durch die Reihen unzähliger Bauern, denen das starre Erstaunen die weiten Mäuler geöffnet. Und seit dieser trüben Stunde ward das welkende Herz des Pastors von keinem Strahle der Freude erwärmt und nur in der letzten Nacht dieses kritischen Jahres erblickt' Er zum erstenmal wieder die tröstende Hoffnung.

# Zweyter Gesang.

Die neue Sonne rollte den jungen Tag des Jahres herauf. Ihr ungewohnter Blick übersah schüchtern die Planeten, die sie bescheinen sollte, und nun wandte sie auch ihr unschuldiges Gesicht zu unserer Erdkugel. Ein Heer vorausbezahlter Gratulanten jauchzt' ihr entgegen, andre – unglücklicher, zerrissen das Neujahrsgedicht, seit dem frostigen September geschmiedet; denn ihr alter Mäcen ist den heiligen Abend vorher gestorben, und hinterläßt geizige Erben, die den Apoll samt den Musen verachten und ungeheissene Arbeiten niemals großmüthig belohnen. Verjährte Rechte, drohende Wechselbriefe, erfüllte Hoffnungen und erseufzte Majorennitäten drängten sich auf den Strahlen des neuen Lichts in das beunruhigte Herz der erwachten Sterblichen. Aber friedliebend und sanft wirkt sie, die mächtige Sonne, auf die Felsenherzen der Großen und in die morschen Gebeine der Helden, die itzt, voller Neigung zur Ruhe, sich beschwerlich von ihren Lagern erheben, um ihre Wunden verbinden und die Merkmaale ihrer Tapferkeit vernähen zu lassen. Stolz auf ihr Elend behängen sie den krüpplichen Körper mit den bunten Zeichen des gnädigen Spottes der Fürsten, mit dem theuern Spielwerke von Kreuzen und Bändern; und die Empfindung ihres Heldenlebens wüthet in jeglicher Nerve. Betäubt von den murrenden Wünschen der Thorheit und von den lauten Seufzern des Unglücks, stand die Sonne in wehmüthiger Schönheit am Himmel, fürchtete sich, länger herab zu schauen, und versteckte sich oft hinter ein trübes Gewölke. So steht ein blühendes unschuldiges Mädchen, zu arm ihr junges Leben zu erhalten, vor der versammelten Schule der Mahler, und verräth die geheimsten Schönheiten der Natur, für einen geringen unbilligen Preis, der Betrachtung der Kunst. In schamhafter Einfalt versteckt sie ihre mächtigen Augen hinter einer ihrer jungfräulichen Hände, indem sie mit der andern das letztere neidische Gewand von sich legt, das ihre Reize verbarg, und nun – ängstlich erwartet sie nun den Verlauf der verkauften Stunde. Die geschicktesten Jünglinge zittern bey dem Anblicke der unverhüllten schönen Natur, und ihre sonst gewisse Hand zeichnet Fehler auf das gespannte Papier. Der minderjährige Knabe allein übertrifft hier seinen Meister; denn in seinem kleinen noch fühllosen Herzen liegen jene sympathetischen Triebe unentwickelt, und seine Hand lernt' eher der Kunst, als jenes der Liebe gehorchen. Und der voll Hoffnung erwachte Pfarrherr gieng in der Frühe zu Nicklas, dem Verwalter, wünschte ihm ein fröhliches neues Jahr und ließ sich wieder eins wünschen; dann erzählte er ihm seinen nächtlichen Traum bündig und kurz – denn die gebiethenden Glocken hatten schon zum drittenmahl geläutet, und die geputzte Gemeinde sah sehnlich ihrem Herrn Pastor mit seinem Neujahrswunsche entgegen. Ach wie fröhlich klopfte nicht Nicklas dem Herrn Magister die Achsel, und zweifelte gar nicht an der Erfüllung des Traums. Hurtig bestellt' er die Küche, damit sie, zur Ehre eines so lieben Besuchs, viele schmackhafte Gerichte den Mittag zu liefern vermöchte. Er bath auch den werthesten Träumer zur Tafel, und gieng an seiner rechten Seite, mit ihm vertraulich zur Kirche. Der künftige Herr Schwiegersohn hielt eine erbauliche Predigt, bis unter Singen und Bethen die Mittagssonne hervortrat. Schon eilte die buntschäckige Gemeinde mit gesättigter Seele und hungrigem Magen nach Hause, als der erwartete Wagen zur Höhe des Dorfes hereinschimmerte. Mit weiten Schritten und fliegendem Mantel eilte der hagere Magister den sechs Schimmeln vorzukommen, um seine Schöne aus dem Wagen zu heben. Keichend schmählt er auf sich, daß er so lange gepredigt, aber dennoch überholt' er die rollende Kutsche, und empfieng die holde Wilhelmine an der Thüre ihrer vormaligen Wohnung. Von dem Zuruf ihrer herzugelaufenen Bekannten begrüßt, reichte sie, nicht mehr als eine Nymphe des Dorfs, ihrem unerkannten Liebhaber die Hand mit kostbaren Ringen gezieret, und sagte höflich zu ihm. »Wie geht es, werther Herr Pastor?« Darauf umarmte sie ihren alten weinenden Vater, der vor der Hofstimme der Tochter erschrack, und nicht wußte, ob er mit seiner bäurischen Sprache ihre Ohren beleidigen dürfte. Noch scheuer und in einem unaufhörlichen Bücklinge stand ihr Liebhaber vor ihr, und hustete immer und sprach – nichts. Lange getraute er sich auch nicht, sie anzublicken; denn ihr hüpfender Busen, von keinem ländlichen Halstuche bedeckt, war ein zu ungewöhnlicher Anblick für ihn, und setzte seine Nerven in ein fieberhaftes Erzittern. Mit zufriednem Mitleiden beobachtete Wilhelmine den Einfluß ihrer Person, und riß endlich Vater und Liebhaber aus ihrer Betäubung. Ihre harmonische Stimme bildete manche vertraute Erzählung, bald von den Freuden des Hofs, von englischen Tänzen und überirdischen Opern und von den unnützen Verfolgungen ihrer lächerlichen

Amanten; bald aber auch bejammerte sie mit nachdenkender Stirne den steten Wechsel des Hofs und den Ekel, der, ein unermüdeter Verfolger aller rauschenden Ergetzungen, hinterlistig dem taumelnden Höflinge nachschleicht – und da wünschte sie sich – Welch ein Vergnügen für den horchenden Priester – einst wieder mit Ehren zur glücklichen Stille des Landes zurück. Unter diesen anmuthigen Gesprächen, wovon meine Muse nicht die Hälfte verräth, setzte sich diese liebe Gesellschaft vertraulich und ohne Gebeth zu Tische. Erschrocken dachte zwar der Magister daran, doch durft' er es ietzo nicht wagen, sich wider die Gewohnheiten des Hofs zu empören. Um das Mittagsmahl zu verherrlichen, hatte die schöne Tochter des Hauses vier Flaschen köstlichen Weins mitgebracht – Sie öffnete eine davon, und schenkte mit wohlthätigen Händen ihrem Liebhaber und Vater, schäumende Gläser ein. Lange besah der Magister das unbekannte Getränke, kostete es mit der Mine des Kenners und ließ doch sein Feuer verrauchen! Endlich fragt er pedantisch – »Liebe Mamsel, für was kann ich das eigentlich trinken?« Lächelnd antwortete sie: »Es ist von unserm Burgunder.« Nach ihm setzte man auch eine langhälsichte Flasche des stillscheinenden bleichen Champagners auf die Tafel.

Schon

ganz freundlich durch den Burgunder, reichte sie der Magister den befehlenden Händen der Schönen: aber er wäre bald vor Schrecken versunken, als der betrügerische Wein den Stöpsel an die Wand schmiß, und wie der vogelfreye Spion, der sich einsam und sicher in dem Walde geglaubt hat, durch den Mörser eines feindlichen Hinterhalts aus seiner Ruhe geschreckt wird – so betäubte der schreckliche Knall die Ohren des zitternden Pastors. Erst auf langes Zureden und hundert Betheuerungen der Schönen, trank er den tückischen Wein, und empfand bald dessen feurige Wirkung; denn nun öffnete der laute Scherz und der wiederkehrende Witz seine geistigen Lippen – Antithesen und Wortspiele jagten einander, und da gewann er auf einmal den ganzen Beyfall der artigen Wilhelmine, wie ihm sein wahrhafter Traum vorher verkündiget hatte. Itzt erschrack er nicht mehr vor dem erhabenen Busen, den er selbst belebender fand, als den brausenden Champagner – Dreymal hatt' er mit lüsternen Augen hingeschielt, da ward er so dreust und wagte es, von dem alten Verwalter unterstützt, das Herz der englischen Kammerjungfer zu bestürmen. So viel Waffen der Liebe als nur seine unerfahrne Hand regieren konnte; so viel zärtliche Blicke, so ein gefälliges Lächeln, als ihm nur zu Gebothe stehen wollte, verwendete er auf die Hoffnung einer geschwinden Eroberung. Welch eine Verschwendung von süßen rührenden Worten! Erstaunt sah Wilhelmine ihren dringenden Feind an, und dreimal wankte sie – aber ein geheimer Stolz und die Rücksicht auf den prächtigen Hof erhielt sie noch, bis ihr endlich Vater und Liebhaber, immer einander unterbrechend, das Wunder des Traums entdeckten – Denn da erkannte sie selbst in allen die sichtbaren Wege des Himmels und ihren Beruf, und durch die Beredtsamkeit des Pastors bekehrt, entfernte sie allen Zwang des Hofs von ihren offenherzigen Lippen: »Wohlan!« sagte sie, nachdem sie in einer kleinen freundlichen Pause die Beschwerden und die Vortheile des Hymen gegen einander gehalten, und noch die reife Überlegung auf ihrer hohen Stirne saß –»Wohlan! ich unterwerfe mich den Befehlen meines Schicksals; ja, ich will selbst mit Vergnügen das unruhige Leben des Hofes mit den stillen Freuden meines Geburtsorts vertauschen, und da Sie mich einmal lieben, Herr Pastor, so würd' es unzeitig seyn, spröde zu thun – ich sehe die Ungeduld Ihrer Neigung auf Ihrem Gesichte! Kommen Sie her, mein Geliebter, und« – Welch ein Triumph für einen Unerfahrnen, der nie den Ovid und das System einer versuchten klugen Lenclos gelesen – »küssen Sie mich, und nehmen Sie zum Zeichen unserer Versprechung diesen Ring an!« Und mit unaussprechlichem Vergnügen kam der schwerfällige Liebhaber gestolpert – küßte sie dreymal, und macht' es zur Probe recht artig. Sie steckt' ihm einen Demant, in Form eines flammenden Herzens, an das kleinste Glied seines Fingers, und Er – welcher Tausch! hätt' ihn nicht die duldende Liebe gerechtfertigt – überreichte Ihr einen ziegelfarbenen Carniol, worein ein Anker gegraben war. Nun brachte jede Minute neuen Zuwachs von Liebe und Vertrauen in ihre verbundene Gesellschaft, und frohe Gespräche von ihrer baldigen Hochzeit beschäftigten ihre unermüdeten Lippen – Da sagte Wilhelmine diese merkwürdigen Worte: »Morgen, wenn die Göttin der Cabale auf den feuchten balsamischen Wolken des dampfenden Thees, nachdenkend an den kostbaren Plafonds herumzieht und ihre Anbether ermuntert, und wenn die eigensinnige Göttinn der Mode ihren Liebling, den Schneider, zu wichtigen Conferenzen der Staatsräthe geleitet, oder damit Sie mich deutlich verstehen: Morgen, wenn es früh Zehne geschlagen, so rüsten Sie sich, mein Geliebter, und machen Sie Ihre schuldige Aufwartung bey unserm Hofmarschall; Bitten Sie ihn in demüthiger Stellung um die Erlaubniß zu meiner baldigen Heurath! Ich selbst will ihn noch heute zu diesem Ihrem Besuche bereiten, und so werden Sie dann Morgen gar keine Schwierigkeit finden. Er ist der beste Herr von der Welt; und wenn meine Bitten, wie ich aus guten Gründen mir schmeichle, etwas bey ihm vermögen, so geben Sie Acht! – so soll er selbst bey unserer Hochzeit erscheinen, und durch seine ehrende Gegenwart unser Fest glänzender machen: Itzt aber theilen Sie, ohne Complimente, den Platz in meinem zweysitzigen Wagen, damit Ihnen der Weg nach einem fürstlichen Hofe nicht eben so sauer ankommen möge, als der benebelte Steinweg zu Ihrem Filiale!« Zärtlich und süß versprach der gehorsame Liebhaber ihr in allem zu folgen, und an der Hand seiner Geliebten verließ er itzt sein trauriges Kirchspiel.

Noch halb berauscht von dem Besuche seiner Tochter und dem seltenen Weine, den er bey vollen Gläsern getrunken, gieng nun der alte Verwalter aus, sein häusliches Glück den Gevattern und der Versammlung der Schenke zu verkünden. Wie schien sich doch alles zur Feyer dieses seines glücklichen Tages zu verbinden! Er hörte schon von weitem den Schall einer muthigen Fiedel. In der Freude seines Herzens vergaß er sein Alter und tanzte mit Jauchzen der harmonischen Schenke entgegen. Ein ungewöhnlicher Schimmer umleuchtete heute ihre rostigen Wände – Denn das Schicksal vergönnte diesen Abend den fröhlichen Bauern ein seltenes Vergnügen. Die Schauspielkunst war vor kurzem mit allem dem Pomp ihrer ersten Erfindung eingezogen. Welch ein frohes Getümmel! Welch eine Lust! Ein vielstimmiger Mann schwebte wie Jupiter unsichtbar über einer lärmenden thörichten Welt, lenkte mit seiner Rechten ganze tragische Jahrhunderte und regierte mit gegenwärtigem Geiste die schrecklichen Begebenheiten und Veränderungen der Dinge, über welche die weisesten Menschen erstaunen. Itzt sah man hochmüthige Städte, wie sie sich über Dörfer erheben – und augenblicklich darauf eingeäschert oder in einem Erdbeben versunken; Rom und Carthago, Troja und Lissabon wurden zerstöhrt, und der Hellespont schlug über ihre stolzen Thürme seine Wellen zusammen! Was hilft es euch, ihr Tyrannen, daß ihr über Länder geherrscht, arme Bauern gedrückt, und Nationen elend gemacht habt? denkt ihr wohl der Strafe des Zeus zu entfliehen? Ja, da sieht mans – Hier liegt nun der grausame Nero in seinem Blute und wird von seinen eigenen Grenadieren zertreten! Bald wird es auch an dich kommen, du übermüthiger Mann! Heliogabalus! Pompejus! oder wie du sonst heißen magst – Seht nur, wie stolz er einhergeht und alle Leute verachtet, aber Jupiter winkt – und nun wird er unter Donner und Blitzen von den Saracenen ermordet. Doch wer kann sie alle zählen – die Wüthriche, die hier fallen; und wo wollt ich Worte hernehmen, die blutigen Scenen zu beschreiben, die die gerührten Zuschauer mit lautem Lachen beehren? Itzt sah man auch das bedrängte Friedrichshall von Carl dem Zwölften belagert! Schon war die Pistole gespannt, die diesem schrecklichen Helden das Leben endigen sollte – und schon wurden die Laufgräben geöffnet und alles war voller Erwartung. als – der alte Verwalter herein trat. Bey seiner längst gewünschten Ankunft verstummte die Fiedel – Die große Versammlung der Zuschauer hob sich von ihrem Sitze – schmiß eine allgemeine Bank um und grüßte freundlich den Alten – Eine Ehre, die vor ihm noch kein Sterblicher genoß – als nur der ehrwürdige Cato – und die vielleicht nach ihm keiner wieder genießen wird! Dieser Zufall schob die Belagerung auf – eine glückliche Pause für Carln! und selbst der Regierer der Welt stieg itzt in seinen Cothurnen von dem hohen Sitze des Olymps herunter, und ein ernsthaftes Stillschweigen der ganzen Natur foderte den Alten auf, seine glückliche Geschichte zu erzählen. Er that es mit vertraulicher Beredsamkeit, und man hörte ihm zu mit sichtbarem Erstaunen und stämmte die Hände in die Seiten und schüttelte mit bedenklichen Minen die Köpfe.

Indessen waren die beyden Verliebten nach drey kurzen hinweg geplauderten Stunden in den Mauern der Residenz. Der ehrwürdige Fremde begab sich unter den Schutz des wirthbaren Hirsches, und Braut und Bräutigam trennten sich hier bis auf ein glückliches Wiedersehn, mit höchst zärtlichen Küssen. Welche triumphirende Freude durchströmte nicht itzt das Herz des verliebten Magisters, als er sich, seinen Betrachtungen überlassen, in dem weiten Zimmer des Gasthofs allein sah! – Eine ganz andre Empfindung seines Glücks, als er selbst an dem vergnügten Tage seines überstandenen Examens nicht gefühlt hatte! Denn damals machte der Präsident seinem stotternden Geschwätze, durch ein ungehofftes Bene, ein freudiges Ende, und die gelehrten Herren Beisitzer widersprachen ihm nicht. Sollten sie etwan durch lange Untersuchungen sich um die kurzen Lustbarkeiten der Messe und den schwitzenden Candidaten ums Amt bringen? O nein! Aus Menschenliebe hofften sie, er würd' es schon löblich verwalten, und sie überließen die Seelen der Bauern seiner Treue und Gottes Barmherzigkeit. Mit mehrerm Recht freut' er sich itzt, und schmeichelhaft fragt' er sich: Ist es nicht dein eigenes Verdienst, das sprödeste Mädchen in einem Nachmittage besiegt zu haben? Wie wohl that ich, daß ich meinem prophetischen Traume folgte, mich so dreust und munter bezeigte, wie die vornehme Welt es verlangt. Ach welch eine Liebe für mich muß nicht in der Brust meiner Wilhelmine erwacht seyn, da sie sich so eilig entschließt, den prächtigen Hof zu verlassen, um einem armen Dorfprediger zu folgen, dessen altfränkische Wohnung – wer weiß wie manche Reformation überlebt hat.

Schon tönte der Wächter seinen letzten Nachtgesang, in einem tiefen verunglückten Baß – hüllte sich in seinen Schafpelz und beurlaubte sich von der Stadt. In gehöriger Entfernung schlichen die Spötter seiner Aufsicht, die glücklichen Diebe, ihm nach, weckten den Thorschreiber auf, und erreichten bald das sichere Gehölze: Und am Horizont fieng schon der Tag an zu grauen, eh' unser Verliebter einschlafen konnte. Wie war es auch möglich? Auf allen Seiten verfolgten ihn Unruh und Schrecken. Gleich höllischen Gespenstern rasselt' unter ihm mit Ketten der böhmische Fuhrmann: doch Gedanken der Liebe machten noch einen größern Tumult in seinem zerrütteten Herzen. Aus Mattigkeit fiel er endlich in die Arme des Schlafs – Doch auch der Schlaf eines Verliebten ist Unruh – Denn sobald er das Bellen der Hunde und das Rasen des Windes nicht mehr deutlich vernahm, so bemächtigten ängstliche Ahndungen sich seines Gefühls. Bald träumt' er – seine berauschte Seele erhöbe sich über die Sonne und begrüßte unbekannte Gefilde – Dann glaubte er wieder in einen bodenlosen Abgrund zu stürzen, schrie – sträubte sich – stieß sich an den unruhigen Kopf, und erwachte in einem plötzlichen Schrecken. So steigt ein lustiger Schwärmer durch die dunkle Nacht in einem Wirbel empor – wirft freundliche Sternchen von sich, und brauset unter den Wolken; bald darauf sinkt er – nun sinkt er – endet sein kurzes Geräusch, und zerplatzt mit einem lächerlichen Knall.

# Dritter Gesang.

In einer prächtigen Wintertracht war heute die Sonne dem Erdball erschienen; Ihr Einfluß hatte die lebenden Geschöpfe der Welt schon alle aus dem Schlafe geweckt, wenn ich in Savoyen die Murmelthiere, und in Deutschland die Mädchens ausnehme, welche die Mode erzieht; So gar die berühmten Schläfer der Residenz, alle Hofjunkers und Staatsräthe waren erwacht, hatten nun ausgegähnt und fingen an ihren erhabenen Trieb nach Geschäfften zu fühlen, denn einige verschluckten schon levantischen Coffee und blätterten im Herrn und Diener,[2] oder bezeichneten, um nach vollbrachtem Tage weiter zu lesen, dankbar die rührende Stelle, bey der ihnen den Abend vorher – die Gedanken in Schlaf übergiengen. Mit edelm Eifer übten sich andere im Stillen die Zahlen der Würfel zu lenken, oder durch geschwinde Folten (ein mystisches Wort) sich über allen Wechsel des Glücks zu erheben. Die von flüchtigerm Geblüte flatterten schon über das Pflaster, um die blassen Fräuleins an der Toilette zu besuchen, und ihnen durch mächtige Scherze rothe Wangen zu schaffen. Aber noch immer schnarchte der müde Magister; ja! er würde gewiß den Endzweck seiner Reise, den so wichtigen Besuch bey dem Hofmarschall, verschlafen haben, hätte ihn nicht die käufische Stimme eines bärtigen Juden erweckt, der dreymal schon vergebens an die Stubenthüre klopfte.

»Haben Sie etwas zu schachern?« schrie der Ebräer gewaltig hinein, daß die Fenster erklangen, und der betäubte Magister in die Höhe fuhr. Der Ungläubige floh – erschrocken sah der schläfrige Christ nach seiner tombackenen Uhr, erstaunte, daß es so spät war, und warf sich schleunig in seinen bepuderten Schwarzrock. Halb träumend lief er über die Gassen und ohne Vorbereitung, den Complimenten des Hofmarschalls entgegen.

---

[2] Eine bekannte Schrift des Hrn. von Moser.

35

Aber

welche Muse beschreibt mir den Einzug des frommen Pedanten, in das vergoldete Zimmer des glänzenden Weltmanns? In einem Schlafrocke von Stoffe, empfieng er den Pastor mit offener Stirne und satyrischer Mine, die sein schlauer Diener verstand, der hinter dem Rücken des armen Magisters die galante Falschheit widerlächelnd bewunderte. Mit Husten und Scharrfüßen suchte der Supplicant den Eingang zur Rede; aber als Ceremonienmeister trat der bellende Melampus ihm entgegen – nöthigte ihn stille zu stehen, und zerstreuete die hervorquellenden Worte, daß sie ungehört vom Hofmarschall sich an den Spiegeln zerstießen, und ihr Wiederhall den bethenden Pfarrherrn in Angst und Schrecken versetzte. Endlich legte des Hofmanns mächtige Stimme dem ergrimmten Cerberus Stillschweigen auf – Gehorsam kroch er zu den Füßen seines Herrn, und leckte schmeichelnd den saffianen Pantoffel. Darauf wandte sich die Rede zu dem immer sich bückenden Verliebten: »Ich weiß schon Ihr Anbringen, lieber Herr Pastor, ist es nicht wahr? Sie wollen uns unsere Wilhelmine entziehen? das schönste und ehrlichste Mädchen in diesem ganzen Gebiethe! Habe ich es nicht errathen, Herr Pastor? Schon gestern hat sie mir selbst Ihre Lieb' eröffnet, und mit verschämtem Gesichte um den glücklichen Abschied gebethen. Wohlan! Ich werde kein Hinderniß ihrer Neigung und bescheidenen Bitte in den Weg legen, wenn Sie mir anders eine kleine Bedingung versprechen – Werden Sie nicht unruhig, Herr Pastor! Es hat mich unsere Wilhelmine gebethen, morgen selbst bey Ihrer Hochzeit zu erscheinen – Mit Vergnügen will ich auch kommen, und will selbst eine Gesellschaft versammeln, die Ihren Ehrentag glänzender machen wird, als eine Kirchmeß – eine Gesellschaft, die meinem Stande gemäß ist – wenn Sie – Denn dieß sey die Bedingung – Wenn Sie die Tochter des alten Grafen von Nimmer vermögen, dieses Fest zu beleben. Er – der Ihr Nachbar ist, und oft vor Ihrer Kanzel erscheinet, wird sich nicht weigern, seine holde Clarisse auf die Hochzeit eines erbaulichen Predigers fahren zu lassen – Der Comtesse aber sagen Sie heimlich: Ich würde darbey seyn. Auf meinen Befehl, der über die fürstliche Küche gebiethet, sollen alsdann hundert fette Gerichte Ihre hochzeitliche Tafel schmücken, und Madera – Rheinwein – Champagner und ächte Heremitage sollen in solchem Überfluß fließen, wie an dem Hofe eines geistlichen Fürsten.«

Wie vergnügt hörte nicht der Verliebte diese freundlichen Reden – Gern und ohne Anstand versprach er, diesen leichten Befehlen zu folgen, um sich der hohen Ehre und Gnade würdig zu machen. Darauf nahm er Abschied und schnappte nach dem Zipfel des Schlafrocks: aber mit höflichen geübten Händen schlug der Hofmarschall beyde Theile zurück, strich mit dem Fuße aus, und empfahl sich dem Pastor Sebaldus. Bald nach ihm trat Wilhelmine herein, und brachte ihrem gnädigen Gönner Chocolade mit perlendem Schaume; da gab ihr der Marschall das Document ihrer Tugend, den ehrlichsten Abschied, sauber auf Pergament geschrieben, und siehe da! welche großmüthige Gnade! Er umarmte sie mit gefälligen Händen, und küßte sie zärtlich. Eine ganz sapphische Empfindung strömte durch ihr dankbares Herz, und trieb ihren wallenden Busen empor, daß der blaßrothe Atlas zu knistern anfieng, der ihn weit unter der Hälfte umspannte. Ach welch ein reizender Busen! o scherzhafte Muse beschreib ihn! Auf seiner linken Erhöhung lag ein mondförmiges Schönfleckchen angeheftet durch Gummi, von dem ein kleiner Liebesgott, immer mit drollichten Reverenzen die Blicke der Grafen und Läufer – Laqueyen und Freyherren auf sich zog. Aber itzt erhob sich dreymal die warme bebende Brust, und trennte die gedörrte Musche vom Gummi. Der kleine Liebesgott – mit sammt seinem Gerüste, fiel – zwischen der Schnürbrust – unaufhaltsam hinunter, daß die Schöne schrie, und der ernsthafte Hofmarschall wirklich zu lachen anfieng. So fällt ein prahlender Zahnarzt unter die morschen Trümmer seines Theaters, indem er mit stampfender Beredtsamkeit dem Pöbel winkt, sein Rattenpulver zu kaufen. Sein erbärmlich Geschrey, und das laute Lachen des Volks betäuben den Jahrmarkt, wenn ihn nun aus dem theuern Schutte sein buntschäckichter Diener hervorzieht.

Mit einer bedeutenden Röthe, rauschte bald die schöne Verlobte in die Versammlung der übrigen Zofen des Hofs, die schon ihre glühenden Wangen beneiden, aber Wilhelmine vollendet ihrer aller Verzweiflung, als sie ihnen den papiernen Triumph zeigt, den sie itzt vom Hofmarschall erhalten. Äußerlich klagen sie zwar ihre verkaufte Gespielinn: »Ach du armes verblendetes Mädchen! So willst du denn fern von deinem verbrämten Amanten, in der Einöde des Landes dein junges Leben verseufzen – und nur von Bauern bewundert, den stolzen Busen erheben? So willst du denn in einer dunkeln geistlichen Hütte, als Frau Magisterinn wirthschaften? Ach du armes verblendetes Mädchen!«

So klagten alle die Zofen, den Abschied der erweichten Wilhelmine, aber heimlich wünschte sich jede, bald auch so beweinet zu werden, und in den sichern Armen des weiblichen Schutzgottes, des Hymen, den Wechsel des falschen Hofes zu verlachen.

# Vierter Gesang.

Auf den Uhren war schon der Mittag vorüber, aber in den Häusern der Grossen brach er erst mit festlichem Pomp' aus der Küche hervor – Hekatomben rauchten ihm – Denn die mittägliche Sonne hat noch nicht ihre Anbether verloren – Mit mehrerm Eifer, als wohl jemals ein ägyptischer Priester gehabt, feyern sie täglich ihr Fest, mit sonnenrothen Gesichtern, bis das wohlthätige Licht den Kreis verläßt, und nun die stille Venus vom nächtlichen Himmel herabblinkt. Da erhub der gesättigte Pfarrherr seine gestiefelten Beine, und trat mit zerstreuten Gedanken seinen bestimmten zwo Meilen langen Weg an; Die alles vermögende Liebe hatt' itzt den gelehrten Magister zu einem gemeinen Bothenläufer erniedrigt, und er mußte, welche sonderbare Bedingung – als sein eigner Hochzeitbitter, noch ein zweytes Jawort erbetteln, ehe sie ihn glücklich zu machen versprach. Der hochbeschneyte Weg ermüdete seine Knie, und die duftende Kälte candirte seinen schwarzen Bart, und bracht' ihm Zahnweh. Aber noch ein größeres Übel, als Zahnweh und Müdigkeit, lauerte in dem nahen Walde auf ihn. Welcher boshafte Genius war es, der in Gestalt eines Holzhackers, dem Priester entgegen kam? Ein unschuldiges unbekümmertes Gesicht, die Larve der Heucheley, betrogen den heiligen Wanderer. »Guter Freund!« redete er ihn vertraulich an, »sagt mir doch, ist dieses die rechte Straße nach Rennsdorf, dem Rittersitze des alten Grafen von Nimmer?« Ehrerbietig nahm itzt der Boshafte vor dem Pastor den Huth ab und sagte: »Wer Sie auch sind – ehrwürdiger lieber Herr, so beklage ich Sie doch herzlich; denn dieser falsche Holzweg, auf welchem Sie wandeln, wird Sie weit von Rennsdorf ablocken; und wenn endlich sich die Schrecknisse der Nacht über diese Heyde verbreiten, so müssen Sie Ihren ermüdeten Körper einer abgelegnen Schenke – einer Spitzbubenherberge vertrauen.« Da schlug der erschrockene Magister seine haarichten Fäuste zusammen. Lieber würd' er auf einem Ameishaufen geschlafen, oder wie ein Zigeuner, den Anbruch seines Hochzeitfestes in einer hohlen Weide erwartet haben, als daß er einer Schenke das Vorrecht gegönnt hätte, seine geweiheten Glieder zu bedecken. »O mein Freund,« rief er, »den mir noch zu rechter Zeit ein guter Engel entgegen schickt, ach entfernt mich doch eilig von diesem Fußsteige, der meine Gebeine umsonst ermüdet, und zeigt mir den richtigen Weg, und nehmt im voraus für eure Bemühung ein dankbares Trinkgeld an!« Hier zog er – gleich einer alchimistischen Phiole, einen langen Beutel heraus, der in der Farbe der Hoffnung künstlich gestrickt war. Ein billiger Zwischenraum scheidete dreyßig Ephraimiten von einer güldenen Madona. Ihres innern Werthes gewiß, erwartete sie ruhig ihr verzögerndes Schicksal, da sich indeß der jüdische Haufe mit Geräusche bis an die Mündung des Beutels drängte, um bald erlöset zu werden, und in einem ungewissen Course betrügerisch zu wuchern.

Doch –

indem noch der Pastor die großmüthige Belohnung und das Verdienst eines Wegweisers berechnet, so verschwindet Baarschaft –
Tagelöhner und Beutel, und der Gott der Kaufleute und Diebe,
verbirgt den Raub und den hurtigen Räuber in den Finsternissen
des Waldes. Nun erfüllt' eine lange unharmonische Klage des armen Magisters die Lüfte: »O du treuloser Verräther«, so schrie er,
»wenn du auch – der du einen Priester beraubet, dem Dreyangel
des Galgens, der Kühhaut und den glühenden Zangen entfliehst –
so wird dich doch dein böses Gewissen und mein Fluch verfolgen,
daß, wenn das eiskalte Fieber deine Glieder zerrüttet, dir keine
bittere Essenz, und kein Kirchengebeth helfen soll, wenn du es auch
mit einem Gulden bezahltest. Ohne Ernst und Andacht und in dem
gleichgültigen Tone gesprochen, in dem wir oft für den Römischen
Kaiser und alle weltliche Obrigkeit bethen, wird es in der Ath-
mosphäre der Kanzel zerflattern.« – So schrie er und erholte sich
langsam unter einer überhangenden Eiche. Ungewiß durch die
Lügen des Räubers, ob dieses der rechte Weg sey, überließ er sich
mit nagender Furcht seinem Verhängnisse: doch die tröstende Liebe
leitete seine zweifelhaften Füße durch die finstere Nacht glücklich
in das labyrinthische Schloß des Grafen. Der zeitige Schlaf, und ein
süßer Traum von einem Capaune mit Austern, beherrschte schon
den alten Gerichtsherrn, und es schliefen auch schon seine alten
Bedienten, ob es gleich erst Neune geschlagen. Des ankommenden
Fremdlings ehrwürdige Krause flößte dem Wächter des Hofs die
schuldige Achtung ein, daß er ihn, nachdem er sein Verlangen er-
forscht, bis an die Stube der jungen Gräfinn begleitete. Mit ihrer
vertrauten Zofe, Sibylle genannt, saß die muntere Comtesse, den
einen ihrer niedlichen Ärme, auf ihre verschobenen Toilette gelehnt,
und in der andern hielt sie einen vergoldeten zärtlichen Brief, den
sie erst itzt an den Hofmarschall, ihren Geliebten, geschrieben. Sie
las ihn mit gedämpfter Stimme ihrer critischen Freundinn vor, die
aufmerksam zuzuhören schien, und unmerklich nur gähnte. Aber
wer kann das Schrecken beschreiben, das diese zwo weiblichen
Seelen ergriff, als der gekrümmte Zeigefinger des verspäteten Pastors an die Stubenthüre donnerte. Sie glaubten gewiß, ein propheti-
scher Verdacht habe die zänkische Gouvernantinn erweckt, die wie
ein Policeyverwalter alles Unrecht entdeckte, und dem alten Grafen
verrieth. Mit angenommener Freymüthigkeit, geboth die betroffene
Comtesse ihrer Zofe, die verschlossene Kammerthüre hurtig zu

öffnen. doch ihr furchtsamer Wink widersprach ihrem Befehle – Die kluge Sibylle verstund ihn, gieng langsam zu Werke, klapperte scheinbar an der Thüre, und schmählte entsetzlich auf das strenge verrostete Schloß, da indeß ihre Gebietherinn die nöthige Zeit gewann, mit Eau de Levante ihre Hände zu waschen, die hier und da von der verräterischen Dinte noch glänzten, und auch den anklagenden Brief aus dem Wege zu schaffen. Mit gegenwärtigem Geiste, o wie liebenswürdig! ergriff sie ihn, zerquetschte seinen durchsichtigen Cavalier und das Posthorn,[3] und warf ihn klein gedrückt, hurtig unter das Bette; Aber wie dauerte ihr nicht der wohlgeschriebene Brief, als nur der nachbarliche Herr Pastor zur Kammerthüre hereintrat. Einen solchen Wechsel von heftigem Schrecken und stiller Betrübniß empfand einst der freygeistische Desbarraux, als er sich zur Fastenzeit einen Eyerkuchen erlaubte: Schon hatte sein erzkatholischer Diener, blaß wie der Tod, das verbothene Gericht auf die Tafel gesetzt, als ein geschwindes Gewitter am Himmel heraufzog, ein schrecklicher Schlag die näschichte Seele betäubte, und ihm den ersten Bissen im Munde zu Galle verwandelte. »Was das für ein Lärmen um einen Eyerkuchen ist!« schrie er halb unwillig, halb furchtsam; ergriff das rauchende Essen, und warf es im Eifer auf die beregnete Gasse; Aber wie dauerte ihm nicht das verlohrne gute Gerichte, als das Gewitter vorüber gieng! Beschämt warf er sich seine zaghafte Eilfertigkeit vor, und quälte aufs neue den abergläubischen Koch, ihm ein anderes zu backen.

Kaum hatte der keichende Pfarrherr seine ermüdeten Füße von dem niedrigen Armstuhle gestreckt, und mit gnädiger Erlaubniß die beklemmende Weste geöffnet, so verrichtete er seinen Antrag mit der unnöthigen Vorsicht eines Pedanten; Er lispelte heimlich der Gräfinn und ihrer Vertrauten dieß anbefohlne Geheimniß ins Ohr: Der gnädige Herr Hofmarschall werde dabey seyn – und keine, nein keine, als die gegenwärtigen Seelen, konnten diese mystischen Worte vernehmen.

Welch ein Tiefsinn bedeckt' itzt mit den Fittigen der Mitternacht das Cabinet der schönen Clarisse! Ihre erfindungsreiche Liebe stritt immer mit der schwerfälligen Einsicht des Magisters: doch beyde mußten sich der Erfahrung eines grauen Kammermägdchens un-

---

[3] Welches die Zeichen des sogenannten Cavalier- oder Postpapiers sind.

terwerfen. Anschläge wurden gefaßt, untersucht, und durch neue verdrängt! Lange gieng das wichtige Project, wie ein Würfel im Kreislaufe herum, ehe die ältliche Zofe mit der verschmitzten hohen Mine eines versuchten Ministers, ihre Gedanken in folgenden klugen Worten entdeckte! »Itzt, ehrwürdiger Herr, da sich Ihre Augen nach Ruhe sehnen, so hören Sie kürzlich meinen unmaßgeblichen Vorschlag. Meine willige Stimme soll itzt dem Wächter des Hofes befehlen, daß sein sicheres Geleite Sie, den Windhunden vorbey, in die Stube führe, die unser Haushofmeister bewohnet. Dieser wird gern eine Nacht sein Bette mit Ihnen theilen, und morgen meldet er Sie bey dem gnädigen Grafen. Dann gehen Sie nur unerschrocken zu dem alten Papa; er wird Sie gewiß Ihrer Bitte gewähren; denn er liebt Sie von Herzen, und Ihre klagenden Jahrgänge haben seine hypochondrische Brust mit Ehrfurcht für Sie, Herr Pastor, erfüllet. Also schlafen Sie sanft! bis die Morgenröthe Ihre gestärkten Glieder zum fröhlichen Hochzeitfeste erweckt!« Ein gütiger Lobspruch aus dem rosenfarbenen Munde der Gräfinn belohnte die Einsicht der Zofe – Auch der Magister wollte ihr gern seinen Beyfall darüber bezeigen, aber seine Worte verwandelten sich in gähnenden Mislaut, daß er zu Hülfe ein beredtes Kopfnicken rief. In wenig Minuten war jeder wichtige Umstand nach Sibyllens Sinne geendet. Der Haushofmeister beherbergte den schnarchenden Magister, und die dunkelbraune Nacht verbarg seine heimliche Ankunft unter ihrem Schleyer vor der mistrauischen Gouvernantinn und vor dem murrenden Hofhunde.

Der volle Morgen hatte den hochgebohrnen Gerichtsherrn erweckt. Itzt überdenkt er noch im Bette den Zustand seines Magens und fordert mit schwelgerischer Neugier den frühen Küchenzettel – Da tritt der Haushofmeister herein, und meldet ihm die Beherbergung des verspäteten Pfarrherrn, und wie er itzt, voller Verlangen, Ihro Gräfliche Gnaden zu sprechen, vor der Kammerthüre lauschte. »Je, willkommen, werther Herr Pastor, willkommen!« schrie der Graf dem Verliebten entgegen! Bückend trat dieser vor das Vorhangbette des Grafen, und sein schwerer Athem blies sogleich die hochzeitliche Bitte hervor, die er mit einer Menge von Wünschen beschloß, worzu ihm der Wechsel der Zeit die beste Gelegenheit darboth. Bey starkem ungeduldigem Herzklopfen wartete er nun, bis der Morgenhusten des stotternden Grafen sich legte – als er auf einmal diese deutliche Antwort vernahm: »O sehr gern will ich meiner Tochter das Vergnügen erlauben, an Ihrem Ehrentage, lieber Herr Pastor, im schönsten Putze zu glänzen. Der priesterlichen Aufsicht überlassen, ist ihre Tugend sicherer, als unter meinem eigenen Dache. Ja, mein Freund, verlassen Sie sich darauf, sie soll Nachmittags mit sechs rüstigen Pferden vor Ihrer Hausthüre erscheinen, und das Hochzeitgeschenk will ich selber besorgen. Damit aber auch Sie, mein Lieber, sich nicht vor Ihrer nahen Hochzeit ermüden, oder wieder beraubt werden, und sich im Walde verirren, so soll meine geschwinde Jagdchaise Sie itzt, Ihren erwartenden Geschäfften zurück führen, und meine aufrichtigen Wünsche sollen Ihnen folgen.« Da ergriff der entzückte Magister die schwere Hand des Grafen von Nimmer, küßte sie hundertmal, und benetzte sie mit Thränen der Freude, die über seinen stachlichten Bart herunter rollten, wie ein plötzlicher Sonnenregen über die glänzenden Stoppeln der Felder. Wie rechtmäßig war diese Freude; denn nach diesem Orakelspruche endigte sich alle sein Leiden. Halb war nun schon die Bedingung des Hofmarschalls erfüllt, und für die andere Hälfte wird die schöne Clarisse schon sorgen. Mit einem segnenden Complimente verließ er die Stube des Grafen. An der Treppe lauerte die verschmitzte Sibylle auf ihn, und erforschte den Ausgang der Sache. Mit zwey kurzen Worten entdeckt' er ihr die gnädige Erlaubniß seines Patrons; und indem er sich in die Chaise warf, flog die erfreute Zofe zu ihrer Gebieterinn. Nun beschäfftigte die Wahl eines reizenden Putzes den ganzen Vormittag beyde weibliche Herzen, und alles lag schon in der schönsten Ordnung, ehe der langsame Alte seiner Tochter die Bitte des Bräutigams, und seine eigene väterliche Erlaubniß anzukündigen glaubte. Sie hörte ihn an, als ob sie von nichts wüßte, und bedankte sich gleichgültig für die vergönnte Spatzierfahrt – und leichtfertig erkundigte sie sich nach den übrigen Gästen der priesterlichen Hochzeit: doch der gute Alte wußte ihr keine Nachricht zu geben. »Wer wird dabey seyn«, sprach er, »als seine Confratres vom Lande!« Indessen klopfte das Herz der jungen Gräfinn ungeduldig nach ihrem lieben Hofmarschalle, bis der geschäfftige Putz die langen Minuten vertrieb, und ein sanfter Wagen die freundliche Göttinn, nebst ihrer vielfarbichten Iris aufnahm, und zu dem Hofe des traurigen Schlosses hinaus flog.

# Fünfter Gesang.

Der glücklich angelangte Magister fand seine berostete Pfarre zu einem Palaste verwandelt, als er hinein trat. Ein Dutzend Bediente seines gnädigen Gönners hatten in seiner Abwesenheit die herkulische Arbeit unternommen, Stuben und Kammern zu säubern, und in der Küchen herrschte ein ansehnlicher Koch, dessen eigensinnige Befehle tausend Geräthe verlangten, deren Namen noch nie in diesem Dorfe waren gehört worden. Seine donnernden Flüche flogen in der Küche herum, daß der erschrockene Pfarrherr mit einem Schauer vorbey gieng, sich in sein ruhiges Museum setzte, und das Gesangbuch zur Hand nahm. Als ein Fremdling in seiner eigenen Behausung, getraute er sich nicht, itzt von dem vornehmen Koche etwas zu essen zu fordern; lieber versäumte er das Mittagsmahl, und tröstete sich politisch mit dem fröhlichen Soupé.

Die dritte critische Stunde des Nachmittags brach an, und lud durch ihren Glanz den Neid des ungebethenen Superintendenten und aller Amtsbrüder auf den Hals des armen Verlobten. Strenge dich an, Muse! und hilf mir das Gewühl der Vornehmen beschreiben, die sich itzt in das Haus des Pfarrherrn sammelten. Zuerst erschien der lackirte Schlitten des Hofmarschalls, an der Spitze vieler andern. Vier deutsche Hengste, chinesisch geschmückt, zogen ihn, und ein vergoldeter Jupiter regierte den schnurbärtigen Kutscher – Ein musikalisches Silbergeläute hüpfte auf dem Rücken der Pferde, indem unter ihren stampfenden Füßen die fröhliche Erde davon flog. Schon von ferne erkannte der zitternde Pfarrherr seinen Gönner, und an seiner Rechten die geputzte Braut. Mit unbedachtsamer Höflichkeit gieng er dem fliegenden Schlitten entgegen – aber sein wilder Führer schwengte die knallende Peitsche und wendete mit seinen vier Schimmeln in vollem Trabe um, daß der Magister, mit verzerrtem Gesichte, eilig wieder zurück sprang. Mit majestätischem Anstande stieg nun die einnehmende Wilhelmine von dem sammtenen Sitze, und da verrieth sich zugleich auf einige süße Augenblicke für den entzückten Bräutgam, ihr kleiner vorgestreckter Fuß bis an die Höhe des seidenen Strumpfbands, auf welchem mit Pünctgen von Silber ein zärtlicher Vers des Voltaire gestickt war; Ach wohin weis doch nicht ein französischer Dichter zu schleichen! Gesteht es nur, ihr Deutschen! Bis dahin ist noch keiner von

Euern größten Geistern gedrungen. So bald sie ausgestiegen war, umrauschte ein buntfarbiger Stoff diese verdeckten Schönheiten. Eine schneeweisse türkische Feder blähete sich auf ihre gekräuselten Haare, und bog sich neugierig über ihren wallenden Busen, der unter den feinen Spitzen aus Brabant hervorblickte, wie der volle Mond hinter den Sprößlingen eines jungen Orangenwäldchens. Nach ihr sprang der ansehnliche Hofmarschall unter die Menge der erstaunten Bauern, die heute Arbeit und Tagelohn vergaßen, um das Fest ihres Hirten zu begaffen. Ein gewässertes Band hieng schief über dem Lazurblauen Sammte seines Kleides; und der milde Einfluß seines Gestirns zeigte sich aus allen Gesichtern, und nöthigte dem unhöflichsten Trescher den Huth ab. Alle Blicke wandten sich itzt einzig auf den gestempelten Herrn – nicht einer fiel mehr auf Wilhelminen. Diese werden wir noch oft, dachten die Bauern, als Frau Magisterinn bewundern, aber einen Hofmarschall sieht man nicht alle Tage. So vergißt man das alles bescheinende Licht des Olymps, wenn eine seltene Nebensonne erscheint, die plötzlich entsteht und verschwindet.

Ein anderer Schlitten, unter dem Zeichen des Mars, der (eine seltsame Erfindung des witzigen Bildhauers) auf einem Ladestock ritt, lieferte zween ausgedünstet Müßiggänger am Hofe, Kammerherren genannt. Einst hatten sie in ihrer Jugend als hitzige Krieger einen einzeln furchtsamen Räuber verjagt, und sich und dem geängsteten Prinzen das Leben errettet. Zur Belohnung hatten sie sich dieses unthätige Leben erwählt, genossen einer feistmachenden Pension, erzählten immer die große That ihres Soldatenstandes – und gönnten gern ihre lärmende Gegenwart einem jeglichen Schmause. So lebten einst die Erhalter des Capitols, jene berühmten Gänse, von den Wohlthaten der dankbaren Römer; ohne Furcht, geschlachtet zu werden, fraßen sie den ausgesuchtesten Waizen von Latiums Feldern, für einen wichtigen Dienst, den eine jede andere schnatternde Gans mit eben der Treue verrichtet hätte. Der flüchtige Mercur und vier schnaubende Rappen brachten die pygmäische Figur eines affectirten Kammerjunkers gefahren. Stolz auf einen eingebildeten guten Geschmack, ersetzten seine reichen Kleider den Mangel seines Verstandes. Zuversichtlich besah er heut eine glänzende Weste, die, wie die weisse Wamme eines drollichten Eichhörnchens, unter seinem rothplüschnen Rocke hervorleuchtete; und fröhlich dacht' er an die Verdienste der weit kostbarern zurück, die sich noch in seiner Garderobe befanden. Ein paar blitzende Steinschnallen, und eine Dose von Saint-Martin erschaffen, waren ihm das, was einem rechtschaffnen Manne ein gutes Gewissen ist – sie machten ihn zufrieden mit sich selbst, und dreust in jeder Gesellschaft. Itzt lief er gebückt in die Pfarre hinein; gebückt, als ob sein kleiner Körper befürchtete, an die altväterische Hausthüre zu stoßen, die gothisches Schnitzwerk verbrämte. Nun aber kam unter der Anführung einer gefälligen Minerva ein einzelner vernünftiger Mann gefahren, der, wenig geachtet von den Weisen des Hofs, den Befehlen seines Herzens mit strengem Eigensinne folgte. Nie erniedrigte er sich zu der Schmeicheley, und nie folgte er der Mode des Hofes, die das Hauptlaster des Fürsten zu einer Tugend erhebt, und durch Nachahmung billigt; Vergebens – (Konnt' es wohl anders seyn?) hofft' er in diesem Getümmel ein nahes Glück, hier wo man nur durch seine Ränke gewinnt, und wo die Blicke der Großen mehr gelten, als ein richtiger Verstand und Tugend und Wahrheit. Er war es, der Wilhelminen zuerst mit glimpflichen Worten, vor der weiten Gefahr warnte, in die ihr Leichtsinn, und die verjährte List eines wollüstigen Hofs ihre Jugend verwickelte, der ihr zuerst den Gedanken erträglich und wünschenswerth machte, wiederum die heitere gesundere Luft ihres Geburthsorts zu athmen. Mit innrer Befriedigung sah er, daß der heutige Tag seine Bemühung krönte und dieses frohe Gefühl beschäfftigte ihn einzig in dem Taumel einer thörichten Gesellschaft. Ungern sah ihn der Hofmarschall in dem Kreys seiner Lust – Er aber ertrug ungekränkt diese ehrende Verachtung und gab sich gern einem unruhigen Tage preis, um ein verirrtes Mädchen in einer glücklich entschlossenen Tugend zu stärken. Zischt ihn aus – ihr Lieblinge und Weisen des Hofs! Was helfen ihm alle seine Verdienste? Daß sie einst vielleicht, in Stein gehauen, auf seinem Grabmaale sitzen und weinen? O wie thöricht! den Gebothen des Himmels zu gehorchen, wo ein Fürst befiehlt; und auf dem einsamen Wege der Tugend zu wandeln, wo noch kein Hofmann eine fette Pfründe erreicht hat. Wenn eine falsche schwankende Uhr des Stadthauses den Vorurtheilen der Bürger gebiethet, so betriegt uns oft unsere wahre Kenntniß der Zeit um ihren Gebrauch; denn hier, wo ein jedes dem allgemeinen Irrthume folget, den eine summende Glocke ausbreitet, und die entfernte Sonne für nichts achtet, was hilft es hier dem gewissen Sternseher, daß er sich alleine nach ihren Befehlen richtet – und den Wahn der Stadt verlachet – und seine Stunden nach der Natur mißt? Mit allen seinen Calendern wird er bald sein Mittagsmahl – bald den Besuch bey seiner Geliebten und den Thorschluß versäumen.

Zween würdige Gesellschafter beschlossen den Einzug in einem alten Schlitten, den ein unscheinbares Bildniß beschwerte – Ob es einen nervigten Vulcan oder einen aufgeblähten Midas vorstellte, war für die Kunstrichter ein Räzel. Ein halbgelehrter Patritius, ehemaliger Hofmeister des Marschalls, am Stande, so wie an Wissenschaft, weder Pferd noch Esel – nahm die eine Hälfte des bretternen Sitzes ein, und auf der andern saß ein graugewordener Hofnarr, der mühsam den ganzen Weg hindurch auf Einfälle dachte, in Versen und Prosa, die hohe Gesellschaft zu erlustigen: aber sein leerer Kopf blieb ohne Erfindung. Oft weinte der Arme, daß sein Alter ihm das Ruder aus den Händen wand, das er so lange glücklich regieret, und um welches sich itzt der fürstliche Läufer, der Oberschenk und eine dicke Tyrolerinn rissen.

Niemand ward mehr erwartet, als die junge Comtesse. Der Hofmarschall stund unbeweglich an dem offenen Fenster, und seine feurigen Blicke fuhren, durch ein ungeduldiges Fernglas, auf den Weg hin, wo die schöne Clarisse herkommen sollte. Wimmernd rang der angstvolle Magister die Hände, und versicherte ohn' Aufhören den argwöhnischen Hofmann: »Die junge Dame werde gewiß kommen. Ach!« sagte er, »sie hat mir ja mit der aufrichtigsten Mine versprochen, meine schwere Bedingung erfüllen zu helfen, und sie wird mich gewiß nicht in meinen Nöthen verlassen.« Unterdessen war auch schon der theure Mann angelanget, der dieß Brautpaar fester verbinden sollte. Aus dem benachbarten Dorfe, wo niemand die Reizungen einer Wilhelmine kannte, hatt' er von den drey Seiten seiner hölzernen Kanzel trotzig gefragt: »Ob jemand wider das Aufgeboth seines Freundes etwas einzuwenden hätte?« Und dreymal hatt' er die Verleumdung mit diesen mächtigen Worten gebannt: »Der schweige nachmals stille!« Sein frommfarbichter Mantel bedeckt' ein wildes Herz; ohne Neigung war er ein Geistlicher, und in diesem gezwungenen Stande ward er selbst in einem Amte mager, das seit dreihundert Jahren die Schwindsüchtigen fett gemacht hatte. Mosheim und Cramern kannt' er nicht: er sprach aber gern von dem General Ziethen und von dem lustigen Treffen bey Roßbach. Seine Bauern, wild wie er selbst, konnt' er lange nicht durch die Bibel bezähmen – aber es glückte ihm nach einer neuen Methode. Denn eh' er seinen Rednerstuhl bestieg, besah er sein florentinisches Wetterglas, und rief prophetisch alle die Veränderungen von seiner Kanzel, die es ihm ankündigte. Bald wahrsagt' er der ungezogenen Gemeinde Regen und Wind in der Heuerndte: bald aber beglückt' er sie, zum Troste, mit einem warmen Sonnenschein in der Weinlese. Die gerührten Bauern bewunderten den neuen Propheten, besserten ihr Leben, und besetzten seit dem alle Stühle der Kirche. Nach einer lange gefeyerten Pause – erschien endlich die erseufzte Göttinn, köstlich in ihrem Schmucke, und wunderschön von Natur; und welch ein Glück für den Hofmarschall! ohne Gouvernantinn erschien sie. Die Furcht vor einem Hochzeitgeschenke hatte diese geizige Seele zurück gehalten; und die sonst nie von der Seite ihrer jungen Dame wich, überließ heute zum erstenmale den langbewahrten Schatz einem listigen Geliebten, der die Zeit zu gebrauchen weis. Mit funkelnden Augen empfieng er die Schöne, auf deren Wangen sich eine warme Röthe verbreitete, da sie ihm die glaßirte Hand reichte, die auch in dem Augenblicke zärtlich gedrückt war. Und nun war die ganze Bedingung erfüllt, die das Schicksal des armen Dorfpfarrn bestimmte. Die vornehme Versammlung begleitete ihn zur vollen Kirche, wo er durch ein vielbedeutendes Ja! vor der ganzen Gemeinde gesprochen, von seiner reizenden Braut alle die mystischen Rechte der Ehe, und das beschlossene Glück und Unglück seines gefesselten Lebens, mit Freuden empfieng. Mit einer zurückhaltenden bescheidenen Mine empfieng auch Sie von seinen Lippen das Blanket der Liebe, worauf die eigensinnige Zeit ihre Befehle schreiben wird, die kein Thränenguß auslöscht. Ein geheimer Neid saß in den glatten Stirnen und in den Runzeln der weiblichen Gemeinde: aber die Männer blickten ihren beweibten Hirten mit lächelndem Mitleid an; denn die Erinnerung ihres ehmaligen glücklichen Traums, der heut' auch über ihrem Pfarrherrn schwebte – und das wache Bewußtseyn ihres itzigen Schicksals bracht' ein ernsthaftes Nachdenken in ihre Gemüther. Und nun besaß der Beglückte seine Beute, die ihm kein Sterblicher wieder entreissen konnte. Nun hab' ich sie endlich erhascht, die fröhlichen Minuten, dacht' er, die mir vier Jahre lang entwischt waren; und voll Empfindung seines Glücks, drückt' er oft seiner angetrauten Wilhelmine die kleine Hand, und führte sie mit triumphirender Nase nach Hause. Aber ein wunderlicher unversehener Gedanke, der sich wider alles Vergnügen auflehnte, stieg itzt aus dem klopfenden Herzen der armen Verlobten empor – Ist dieß nicht, seufzte sie bey sich selbst, das Leichengepränge deiner Schönheit? Klägliches Geschenk der Natur, das keinem weniger hilft, als der es besitzt! Was für unruhige Tage hast du mir nicht verursacht! und itzt begräbst du mich sogar in einer schmutzigen Pfarre? Aber ihr weiser Freund und Rathgeber entdeckte kaum diesen unzufriedenen Gedanken in ihrem bekümmerten Gesicht, als er durch einen ernsthaften Blick gen Himmel geschlagen, ihr denselben verwies, sie mit ihrem Schicksal versöhnte, und ihr eine kleine tugendhafte Thräne ablockte.

Ein mathematischer Furier hatt' indeß die hochzeitliche Tafel geordnet. Ehe man sich setzte, bewunderte man seinen Geschmack in einer minutenlangen Stille, und faltete dabey die Hände. Schimmernder Wein, der, wie die Begeisterung der Liebe, nicht beschrieben, nur empfunden werden muß, blickte durch den geruchvollen Dampf der theuern Gerichte, wie das Abendroth unter dem aufsteigenden Nebel hervor.

Itzt ergriff der schimmernde Hofmarschall die warme weiche Hand der blauäugichten Wilhelmine, führte sie an die oberste Stelle der Tafel, und bat den dankbaren Magister, sich neben seine Göttinn zu setzen, und nicht durch den Zwang eines Neuvermählten die Freuden der Tafel zu stören. Ach! wie giebt hier die veränderliche Zeit ihr Recht zu erkennen! Er – der ehemals dem weinenden Pfarrherrn seine Geliebte entzog, giebt sie ihm itzt bey einem freygebigen Gastmahle geputzt und artig wieder zurück, und macht ihm alle sein ausgestandenes Leiden vergessen. So überschickt' einst der große Agamemnon seine Chriseis, dem belorberten Priester des Apoll, die der königliche Liebhaber der väterlichen Sehnsucht lange Zeit vorenthielt. Prächtige Geschenke, und eine Hekatombe mußten den Alten trösten, und seinen Gott versöhnen, und in hohen Tönen besang der Dichter der Ilias die Geschichte, wie ich itzt die Hochzeit eines Magisters besinge:

Der Schmaus gieng an! Ein köstliches Gericht verdrängte das andere, und Bachus und Ceres tanzten um den Tisch her. Der freymüthige Scherz, die feine Spötterey, und das fröhliche Lächeln, vertrieben unbemerkt die taumelnden Stunden des Nachmittags, und der Geist der Comtesse und des Champagners durchbrauste die fühlbaren Herzen der Gäste. Alles war munter und fröhlichen Muths. Nur der Magister und der Hofnarr – immer in sich gekehrt, saßen unruhig an der frohen Tafel. Den einen überfiel bald ein theologischer Scrupel, bald ein Gedanke seiner künftigen Liebe; und der andere ängstete sich heimlich, daß es in seinem Gehirne so finster, wie eine durchnebelte Winternacht, aussah. Wie oft buhlt' er vergebens um das belohnende Lächeln des Marschalls, und wie oft verfolgte sein schwerer Witz die flüchtigen Reden des lustigen Kammerjunkers! aber eh' er sie erreichte, waren sie von der Gesellschaft und von dem Redner selber vergessen, und mit Verdrusse nahm er wahr, daß niemand seine Einfälle begriff, und alle seine witzige Mühe verloren gieng. Ein alter hungriger Wolf schleicht so dem Fuchse nach, der unbekümmert durchs Gras scherzt, den verdrüßlichen Räuber bald nach dieser bald nach jener Seite hinlockt, und endlich doch seiner groben Tatze entwischet. Zur Erholung der gesättigten Gäste, deren immer sich anstrengender Witz manchmal schlaff zu werden begonnte, rief der kluge Hofmarschall den Verstand des sinnreichen Conditors zur Hülfe, der so oft seine Wirkung zeigt, wenn die langweiligen Reden des Fürsten seinen Hof einzuwiegen bedrohen – Und – Auf einmal reizt' eine überzuckerte Welt die weiten Augen der Gäste. Faunen und Liebesgötter und nackende Mädchen, in einem poetischen Brennofen gebildet, scherzten ohn' Aufhören im funkelnden Grase. In der Mitten entdeckte sich eine lachende Scene unter einer hohen arkadischen Laube, von ewigem Wintergrün: Die porzelane Zeit war es, die mit einer furchtbaren Hippe, den zerbrechlichen Amor in der Laube herumjagte – O wie wird es ihm gehen, wenn er sich einholen läßt! denn der kleine lose Dieb hat der Zeit ihr Stundenglas listig entwendet, und schüttelt den Sand darinnen unter einander, worüber die hohe Gesellschaft sich innerlich freute. Ein voller Teller lustiger Einfälle, in buntem Kraftmehle gebacken, streute neues Vergnügen über die Tafel. Welche Vermischung von Dingen! Stiefeln und Unterröcke, Ferngläser und Schnürbrüste, Küraß' und Palatins, Spiegel und Larven, klapperten unter einander.

Jedes

öffnet eine Figur, die ihm das Ohngefähr oder seine Neigung in die Hand gab; und die ausgewickelten Orakelsprüche wurden laut gelesen. Ein Putzkopf lieferte dem Hofmarschall eine feurige Liebeserklärung – Lächelnd sah er seine gräfliche Nachbarinn an, und überreicht' ihr die bunten Loose. Sie ergriff einen Federhuth, und las stotternd eine prophetische Beschreibung des verliebten Meyneids ab. Furchtsam gab sie den Teller von sich – Ein ungesalznes Epigramm auf den Hymen, lag in einem Strohhute gehüllt, und ward von dem Kammerjunker aus seinem Staube gezogen, und mit lautem Lachen ausgeposaunt – Die lose Wilhelmine zerrieb eine Knotenperücke, die in Knittelversen den Kammerjunker würdig widerlegte – Nach ihr ergriff, aus verliebter Ahndung, der Magister ein schneeweißes Herz, worein eine witzige Z geätzt war. Bedächtlich öffnet' er es und fand diese wenigen Worte: Ich liebe einen um den andern – »Wer hätt' es diesem falschen Herzen ansehen sollen,« rief er voller Verwunderung, und klebte mühsam die beyden Hälften wieder zusammen. Alle noch übrige Devisen wurden von den beyden Kammerherren und dem Hofnarren zerknickt, die ganz still die noch verborgenen Schätze des Witzes für sich einsammelten, wie der Geizhals das wohlfeile Korn auf die theuern Zeiten der Zukunft.

Die verdrüßliche Langeweile fieng wieder an, den angenehmen Lärm der Gesellschaft zu unterdrücken, als der schlaue Hofmarschall es zeitig bemerkte, und ein frohmachendes Hochzeitgeschenk aus seiner Tasche hervorzog. Er wickelt' es aus dem umhüllten Papier, und ermunterte die übrigen Gäste, seinem Beyspiele zu folgen. Ungezwungen stellt' er sich hinter den Stuhl der angenehmen Braut, und hieng ihr ein demantenes Kreuz um, das an einem schwarzmoornen Bande zwischen dem schönen Busen hinunter rollte – O was für ein Bewußtseyn durchströmt' itzt die blutvollen Wangen der Schöne! Mit ungewisser Stimme dankte sie dem galanten Herrn. Lange konnte sie nicht ihre widerstrebende Augen in die Höhe schlagen, und die unzeitige Schaam brachte sie in eine kleine Verwirrung. Ein solches Gefühl durchdringt oft die treulose Brust eines Hofmanns, wenn sie nun zum erstenmale unter dem ertheilten Ordenssterne klopft. Furchtsam glaubt' er, die Gemahlinn des Fürsten möchte das Verdienst errathen, das im dieß Ehrenzeichen erwarb. Selbst denen ihm unbekannten laconischen Worten des

Sterns trauet er nicht, und er wird es nicht eher wagen, sich unter seinen Neidern zu brüsten, bis ihm sein trostreicher Schreiber die goldenen Buchstaben verständlich gemacht hat.

Was für köstliche Geschenke häuften sich nicht in dem Schooße der glücklichen Wilhelmine – Spitzen und Ringe und Dosen und künstliche Bluhmen – Ach, dachte der Pastor – ach! so viel Reichthum habe ich ja nicht in meinem zehnjährigen beschwerlichen Amte gesammelt – und wie wunderbar! als Herr seines Weibes dankt' Er – auch Er! seinen großmüthigen Gönnern für diese Geschenke. Man sah es an dem satyrischen Lächeln der Gäste, wie gut seine fröhlichen Danksagungen angebracht waren.

# Sechster Gesang

So endigte sich das fröhliche Hochzeitmahl. Die trunkenen Gäste taumelten in dem kleinen Raume des Zimmers immer wider einander. Ein Evan Evoe umschallte die Wände, Leuchter und Stühle drehten sich in einem Kreis herum, und unvollendete Lieder und halbgestohlne Küsse erfüllten die Luft. Die zerstreuten Kammerherren, ohne Gedanken, in welchem frommen Hause sie lebten, riefen nach einer Karte zum Pharao – Die junge Comtesse, ihres jungfräulichen Zwanges, und ihrer Gouvernantinn uneingedenk, stellte sich mit dem freundlichen Hofmarschall in den einsamen Bogen des Fensters, und dieser genoß der süßen Betäubung der Schönen, so gut als er vermochte. Der kindische Kammerjunker versuchte seinen Witz an dem schläfrigen Hofnarren, und alle Vortheile, die er über ihn erhielt, erzählt' er mit lautem Triumphe der unaufmerksamen Gesellschaft – Aber alle verachteten die harmonische Erinnerung des Nachtwächters, und übersahen das politische Gähnen des Neuvermählten, und lachten alle den Mond an. So taumeln oft die vermummten Geschöpfe einer Maskerade widersinnisch unter einander, vergessen ihre Verkleidung, um nach dem Trieb' ihrer Sinne zu handeln – Rabbi Moses zieht die verkappte Nonne zum schwäbischen Tanz auf, oder fordert ein Stück schmackhafte Cervelatwurst. Der lange Türke trinkt im falben Burgunder die Gesundheit des allerchristlichsten Königs, und die stroherne Pyramide fängt an, Knaster zu rauchen.

Itzt gieng der ungeduldige Ehemann in seine einsame Studierstube – verwünschte seine lärmenden Gäste, und rief also zum Amor:

»O du

mächtiger Sohn der Cythere! hast du mir deinen Schutz nur darum
angebothen, und mich deines Rathes gewürdiget, um mich itzt
desto mehr zu kränken, und mein dankbares Herz wider dich zu
empören? Was hilft es, daß du mich nach den Reizungen meiner
Wilhelmine hast schmachten gelehrt, und daß du mich durch ihr
melodisches Jawort beglückt hast – Was hilft es, daß mir dieser Tag
in der schönsten Feyer entflohen ist, wenn meine erste Brautnacht
langweilig und ungefeyert davon zieht? Die lächelnde Morgenröthe
wird mich spottend an die neue Bekanntschaft einer Freud' erin-
nern, die wider mein Verschulden mir fremd geblieben ist, und
Wilhelmine wird mir mit ernsthaftem Lächeln in das Gesicht sehn,
wenn sie die glückwünschenden Bauern, Frau Magisterinn, grüßen.
Diese Nacht, o Sohn der Venus, nur diese einzige Nacht, beherr-
schest du noch mit dem Hymen in gemeinschaftlicher Ehre – So laß
mir doch nicht durch das wilde Getöse der geputzten Höflinge, und
durch das Wiehern ihrer Pferde, diese glücklichen Stunden entziehen, die keine Macht vermögend ist, mir wieder zurück zu führen,
sollten sie einmal davon seyn!« Diese Seufzer des unruhigen Magisters brachten den Stolz des kleinen Gottes in Bewegung. Er freute
sich, daß der dankbare Vermählte, nicht trotzig auf die dienstbare
Hülfe des Hymen, des Amors Freundschaft noch suchte; Gütig
entschloß er sich, dem Verliebten zu helfen, und den Jupiter und
des Pantheons verirrte Bewohner und Ritter und Pferde hinaus zum
Dorfe zu jagen. Welch ein heroisch Unternehmen – Welch eine That!

Recht zu gelegener Zeit fiel dem kleinen Helden der Trojanische
Brand ein, der die trotzige Garnison der Griechen nöthigte, den
flammenden Platz zu verlassen, und diese so oft besungene schreckliche Geschichte, gab ihm eine sinnreiche Kriegslist an die Hand, die
er mit Glück und Tapferkeit ausführte. Er drehet' aus den Händen
des gefesselten Hymen die hochzeitliche Fackel, die lichterloh
brannte, und stahl sich unvermerkt in die Küche des Pfarrherrn.
Von der edlen Kochkunst verlassen, die vor kurzem zwanzig schöp-
ferische Hände darinnen beschäftigte, ruht itzt eine finstere Trau-
rigkeit unter ihren Gewölben. Auf dem warmen Herde lag eine
ungebrauchte Speckseite in der aufgehäuften Asche verborgen,
woran die ganze große geschwänzte Armee des scherzhaften
Mäonides sich hätte sättigen können. Dieses ungeheure Magazin
steckte der freybeutische Amor, mit abwärts gesenkter Fakel in

Brand. Auf einmal flog es, durch die fettige Flamme belebt, in die schwarze Esse, die sich rauschend entzündete – und ihr blutrothes Feuer dem Firmamente zuwälzte – Es war geschehen – Amor schüttelte seine Flügel und floh, und stellte sich auf die knarrende Fahne des Kirchthurms. Hier stund er, wie Nero, als er mit grausamer Wollust seine Residenz brennen sah, freute sich seines gelungenen Anschlags und – wartete den erschrecklichen Ausgang – Und nun – o Muse! hilf mir das Getümmel beschreiben, das in dem Hause des Magisters entstund, als die gräßliche Feuerschreyende Stimme, sich über das aufgeschreckte Dorf ausbreitete! Das hohle furchtbare Getöne der stürmenden Glocken, die ein angstvoller Cantor unermüdet läutete, verkündigte den verzagten Matronen ihren Untergang, und das Geschrey der Kinder, und das Pochen der Nachbarn und das Bellen der Hunde, machte die finstere unglückliche Nacht noch schrecklicher. Von dem stummen Entsetzen geführt, kam die verlorene Nüchternheit itzt wieder in die Versammlung der Hochzeitgäste zurück. Doch kaum begriffen sie das drohende Unglück ihres betrübten Wirths, so flohen sie ihn, als wahre Hofleute, mit eilenden Füßen, und nach einem kurzen gleichgültigen Lebewohl! verließen sie alle das neue Ehepaar in Thränen. Aber, wie ehemals der junge Äneas seinen alten frommen Vater aus dem flammenden Troja trug, so umfaßt' itzt der getreue Hofmarschall seine weinende Clarisse, und durch die Liebe gestärkt, verachtete er alle Gefahren. Das Feuer prasselt' über sein Haupt, und die Wellen des Fischbeinrocks schlugen über seine zerrissenen Haarlocken zusammen – dennoch bracht' er sie glücklich an ihre sichere Carosse, und übergab sie den Händen ihrer schützenden Zofe. Und wie der unerschrockene Weise, gegenwärtig in den größten Bedrängnissen, sich noch um Kleinigkeiten des Lebens bekümmert, oder so, wie der große Lips Tullian auf dem Richtplatze, da schon der Stab gebrochen ist, noch für seine Nase besorgt, um eine Prise Rappee bath. Noch schnupft' er ihn mit süßer Empfindung, in dieser entscheidenden furchtbaren Minute – reckte darauf mit einem Seufzer den Hals dar, und befand sich in der andern Welt, eh' er – niesen konnte. Eben so nahm noch itzt der Hofmarschall drey verliebte Küsse von seiner beängsteten Schöne, und warf sich mit unterdrückter Sehnsucht in seinen fortschallenden Schlitten. Das Zeichen war gegeben, und nun flogen alle die unbändigen Pferde mit ihren Rittern davon, die mit stillem Vergnügen über ihre Sicherheit, oft nach der brennenden Pfarre zurück sahn.

Kaum war die lärmende Versammlung der Götter- und Menschengestalten zum Dorfe hinaus, so geboth Amor: das Feuer sollte verlöschen – und es verlosch. Zwar verkannte der blinde Pöbel die Hülfe des Amors, und jauchzend dankten die Bauern ihre Rettung einem schwarzen Dämon, der es gewagt hatte, aufs priesterliche Dach zu steigen, wo er, dem Feuer zum Opfer, eine arme geraubte Najade der Elbe, in den schwarzen Abgrund hinunter stieß, daß ihre zerschmetterten Glieder in einer schmutzigen Küche ein unbekanntes Grabmaal bedeckte.

Nun brachte der Gott der Liebe dem Hymen die hochzeitliche Lunte wieder zurück; darauf gieng er Hand in Hand mit ihm, zu dem getrösteten Verliebten, und sammelte seine entzückten Danksagungen in den leeren Köcher; denn der kleine Held hatte den Tag über alle seine Pfeile verschossen. Die noch übrige Nacht hindurch wacht' Er an dem rauschenden Brautbett', und da der Morgen anbrach, erhob er sich fröhlich in den Olymp auf den Strahlen der Sonne, die zuerst dem frohen Magister die Mischung von Schaam und gedemüthigter Sprödigkeit, auf den Wangen seiner zufriedenen Schöne sichtbar machten, und ihn zu neuen Morgenküssen erweckten. Wie reizend blickte nicht die vollendete Braut ihrem glücklichen Sieger in das männliche Gesicht! Gleich einer jungen Rose, die sich unter dem schwarzen Gefieder einer einzigen balsamischen Nacht entfaltet. Der überhangende Phöbus trifft sie in ihrem vollen Schmucke an, und vergebens bemühen sich seine brennenden Strahlen, sie noch mehr zu entwickeln.

Itzt stund der kleine Amor vor seiner freundlichen Mutter, und erzählt' ihr in scherzhafter Prahlerey, seine Kriegslist und seinen Triumph, daß seine Stimme durch den Olymp schallte, und selbst die bescheidenen Musen ihm Beyfall zuwinkten. Ihr Lächeln löste sich in einem sanften geistischen Sonnenschein auf, wovon ein goldener Blick in die Welt drang, und unter so vielen tausend poetischen Seelen die Meinige allein begeisterte. Ich hab' alles gethan, was meine Muse befahl; ich habe das Elend des verliebten Magisters, und seine fröhliche Hochzeit besungen, und hab' ein Werk verrichtet, das durch eine schöne Druckerpresse vervielfältigt, der Vergänglichkeit trotzen kann.

## – Ende –

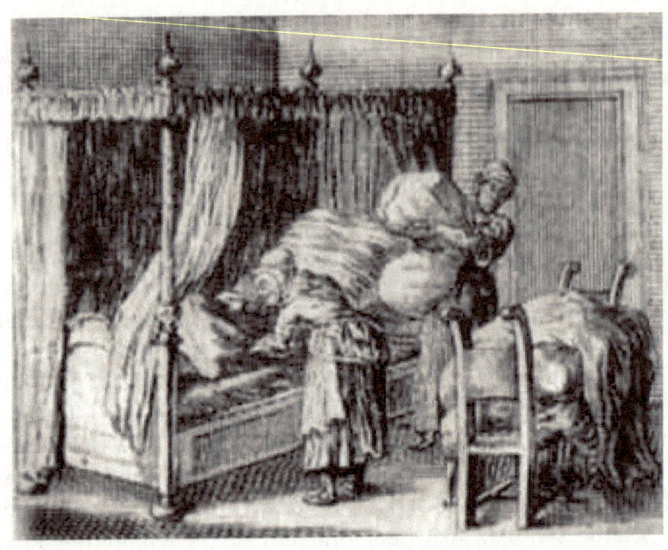

## Über tredition

### Eigenes Buch veröffentlichen

tredition wurde 2006 in Hamburg gegründet und hat seither mehrere tausend Buchtitel veröffentlicht. Autoren veröffentlichen in wenigen leichten Schritten gedruckte Bücher, e-Books und audio-Books. tredition hat das Ziel, die beste und fairste Veröffentlichungsmöglichkeit für Autoren zu bieten.

tredition wurde mit der Erkenntnis gegründet, dass nur etwa jedes 200. bei Verlagen eingereichte Manuskript veröffentlicht wird. Dabei hat jedes Buch seinen Markt, also seine Leser. tredition sorgt dafür, dass für jedes Buch die Leserschaft auch erreicht wird.

Im einzigartigen Literatur-Netzwerk von tredition bieten zahlreiche Literatur-Partner (das sind Lektoren, Übersetzer, Hörbuchsprecher und Illustratoren) ihre Dienstleistung an, um Manuskripte zu verbessern oder die Vielfalt zu erhöhen. Autoren vereinbaren direkt mit den Literatur-Partnern die Konditionen ihrer Zusammenarbeit und partizipieren gemeinsam am Erfolg des Buches.

Das gesamte Verlagsprogramm von tredition ist bei allen stationären Buchhandlungen und Online-Buchhändlern wie z. B. Amazon erhältlich. e-Books stehen bei den führenden Online-Portalen (z. B. iBookstore von Apple oder Kindle von Amazon) zum Verkauf.

Einfach leicht ein Buch veröffentlichen: **www.tredition.de**

## Eigene Buchreihe oder eigenen Verlag gründen

Seit 2009 bietet tredition sein Verlagskonzept auch als sogenanntes "White-Label" an. Das bedeutet, dass andere Unternehmen, Institutionen und Personen risikofrei und unkompliziert selbst zum Herausgeber von Büchern und Buchreihen unter eigener Marke werden können. tredition übernimmt dabei das komplette Herstellungs- und Distributionsrisiko.

Zahlreiche Zeitschriften-, Zeitungs- und Buchverlage, Universitäten, Forschungseinrichtungen u.v.m. nutzen diese Dienstleistung von tredition, um unter eigener Marke ohne Risiko Bücher zu verlegen.

Alle Informationen im Internet: **www.tredition.de/fuer-verlage**

tredition wurde mit mehreren Innovationspreisen ausgezeichnet, u. a. mit dem Webfuture Award und dem Innovationspreis der Buch Digitale.

tredition ist Mitglied im Börsenverein des Deutschen Buchhandels.

## Dieses Werk elektronisch lesen

Dieses Werk ist Teil der Gutenberg-DE Edition DVD. Diese enthält das komplette Archiv des Projekt Gutenberg-DE. Die DVD ist im Internet erhältlich auf **http://gutenbergshop.abc.de**

FSC
www.fsc.org

MIX

Papier | Fördert
gute Waldnutzung

FSC® C083411

Zeitfracht Medien GmbH
Ferdinand-Jühlke-Straße 7
99095 Erfurt, Deutschland
produktsicherheit@kolibri360.de